徳　間　文　庫

十津川警部　七十年後の殺人

西　村　京　太　郎

徳　間　書　店

目次

第一章　野尻湖《のじりこ》の死

1

警視庁捜査一課の十津川《とつがわ》警部は、今年の夏、久しぶりに、五日間の休暇が取れたので、妻の直子《なおこ》と長野《ながの》県の野尻湖《のじりこ》に遊ぶことにした。

最初、軽井沢《かるいざわ》のホテルを予約して、五日間の休暇を、そこで過ごすつもりだったのだが、空《あ》いていたのが、軽井沢駅からは遠い北軽井沢で、その上、週刊誌などを見ると、今年の軽井沢は、例年以上に多くの若者たちが、やって来《や》ており、都会のようにうるさいと書いてあったので、急遽《きゅうきょ》、軽井沢を止めて、野尻湖に変更したのである。

最初、軽井沢を避暑地に選んだ外国人たちが、その軽井沢が、あまりにも賑《にぎ》やかになってしまったので、大正時代、静かな野尻湖の周辺に別荘を移し、外国人のために別荘地帯を作ったといわれている。先頭に立ったのは、カナダ人の宣教師で、野尻湖周辺が故郷のカナダの風景に似ていたので、選んだという。

現在、湖の南西の「神山《かみやま》地区」一帯は野尻湖協会（ＮＬＡ）が設立され、管理している。

もちろん、野尻湖の周辺には、日本人たちも住んでいて、十津川の大学時代の友人が民宿をやっている。その民宿に行くことにしたのである。

信越《しんえつ》本線を、黒姫《くろひめ》駅で降りると、駅前から野尻湖行きのバスが出ている。所要時間十五分、料金は、二百円である。

また、黒姫駅から、野尻湖、黒姫高原、そして、黒姫駅に戻ってくる、周遊バスも出ているが、十津川夫婦が利用したのは、もちろん、野尻湖行きの、バスである。

湖岸のバス停には、今回世話になる友人の井崎《いさき》が、迎えに来てくれていた。井崎とは、十年ぶりの再会である。

湖岸の舗装《ほそう》道路を、井崎がやっている、民宿に向かって、ゆっくりと歩いていく。

今日の湖面は、いたって静かで、ボートが何艘《そう》か、出ていたが、さすがに、軽井沢に比《くら》べれば、はるかに静かである。

ゆっくりと歩きながら、友人の井崎が、野尻湖周辺の風景について、いろいろと、説明してくれた。

「湖の西側辺《あた》りに、いわゆる外国人の別荘地、国際村がある」

と、井崎が、いった。

「そうらしいね。軽井沢にいた外国人たちが、軽井沢が、あまりにもうるさい街になってしまったので、逃げ出して、こちらに、移ってきたという話を聞いたことがある」

「ここの国際村の別荘は、三百戸ほどで、会員は、その別荘で、夏を過ごすんだ。貸別荘もある。それに、エリアの中には、店がないから、静かだよ」

「日本人の会員もいるのか？」

「現在は、日本人の会員もいるが、エリア内の標識は全《すべ》て外国語で、英語の他にノルウェー語とかもあるから、外国語の苦手な俺は、招待されても、住む気はしない」

と、井崎が笑った。

「その外国人の別荘地帯には、勝手に入っても、いいのか？」

十津川が、きいた。

「いや、ダメだね。勝手に入れないよ。この先に、国際村の西口があるんだが、立入禁止の大きな看板が立っている。会員以外は絶対に立ち入ってはいけないと、はっきり書いてあるよ。ここに住んでいる外国人たちは、とにかく静かなことが、好きな人たちでね。だから、われわれ日本人も、外国人の別荘地帯には、なるべく、入らないようにしている」

と、井崎が、いった。

さらに五、六分歩いたところに、高さ一・五メートルくらいの、不思議な石碑《せきひ》が建っていた。そこに彫《ほ》ってあった言葉が、何とも、奇妙だった。

〈島崎修一郎《しまざきしゅういちろう》　六〇・七・六　過チヲ正シテ死亡ス〉

意味のよく分からない、何とも奇妙な石碑の文字だった。

「変な石碑ですね、いったい何なのかしら？」

十津川の妻の直子が、いった。

友人の井崎は、苦笑して、

「この石碑について、説明を始めると長くなってしまうので、今日の夕食の時にでも、詳《くわ》しく、お話しします」

石碑の向こうは、国際村の私有地で、プライベートビーチだと、井崎は、教えてくれた。

石碑の前から、折れて、十五、六メートル入ったところに、井崎の民宿があった。

三人が着いた時には、井崎の妻が、娘と二人で、泊まり客のための夕食を、作っていた。昨日まで四人の若者が、泊まっていたのだが、彼らが帰ってしまったので、今日の夕食は、十津川夫婦と井崎の家族の五人だけの夕食になった。

食事の途中で、十津川が、

「さっき見た、妙な石碑について、教えてくれないか？」

と、井崎に、いった。

「何を知りたいんだ？」

「あの石碑に書いてあった、六〇・七・六のことだが、あれは日付みたいに、思えたんだが」

「たしかに、あれは、日付だけど、昭和じゃなくて、西暦なんだ。だから、六〇・七・六というのは、一九六〇年の七月六日だ」

井崎が、いった。

「そうか、西暦なのか。それじゃあ、あの石碑は、もう、五十年以上も前のものと、いうことなのか」

「そうだよ。だから、その日に、ここで事件が、あったといっても、おれたちの生まれる前のことなんだ」

「事件？　五十年前に、ここで、何かあったのか？」

「ああ、ここに、引っ越してきてから、古くから住んでいる人に、聞いた話でね。何でも、一九六〇年の七月六日の朝、湖面の真ん中に、男の死体が、浮かんでいたそうだ。年齢は、四十代くらいで、最初は、水死だと思われていたが、引き上げて調べてみると、左胸を銃で撃たれていたらしい。それで、地元の警察は、銃で撃たれた上に、湖に放り出されたものと、考えたみたいだ。その男は、地元の人間が初めて見る顔だったので、身元がなかなか分からなかった。しかし、その三日後に、突然、何者かが、湖岸に、あの石碑を建てたんだそうだ。どうやら、犯人が、建てたものらしいのだが、いきなり建ったところを見ると、どこかであらかじめ造っておいて、あそこに、建てていったらしいといわれている」

「たしか、石碑には、個人の名前が、書いてあったよね？　島崎修一郎だったかな？」

「そうだよ、島崎修一郎だ。石碑には、そう書いてある」

「おそらく、被害者の名前だろう。それなら、身元は、すぐに、分かったんじゃないのか？」

いかにも刑事らしいきき方を、十津川がした。

「当時を知っている人に、いわせると、島崎修一郎という名前も、新聞に出たので、たぶん、家族がそれを見て、すぐに、名乗り出てくるだろうと思っていたのだが、いつまで経《た》っても、家族からの連絡がなかった。そして、さっきあった石碑にも、島崎修一郎という名前は、書いてあっても、住所のようなものは、全《まった》く書いてなかったから、捜しようがなくてね。とうとう、迷宮入りしてしまったと、いうように記憶している」

「一九六〇年当時で、四十代か。ということは、おそらく、太平洋戦争を、経験している人だろうね」

十津川が、いった。

「もちろん、正確な年齢は、分かっていないのだが、おそらく、四十代だろうと、捜査した警察は、いっていたということだ。それに、左胸に銃創《じゅうそう》が、あったそうだ」

「銃創？　銃で撃たれた傷か？」

「そうだよ。だから、今、君がいったように、おそらく、戦争体験があった人だと思う」

夕食を済ませてから、風呂に入り、その後、十津川と直子は、自分たちに与えられた、二階の部屋に入った。

民宿の周辺も、静かである。湘南《しょうなん》海岸のように、湖岸で、騒ぐ若者たちもいないらしい。近くに入口のあった外国人の別荘地帯は、更《さら》に静かである。

少し疲れていたので、十津川と直子は、早めに、布団《ふとん》に入った。

そして、十津川が、ウトウトしていた時、突然、大きな、爆発音がした。

かすかに、部屋が揺れた。それで、直子も目を覚《さ》ましてしまったのか、

「何なの、今の音？」

と十津川に、きく。

「爆発音みたいだったな。たしか、湖のほうから、聞こえてきたから、誰かが、湖岸で、何かを爆発させたんだと思う」

一階で寝ていた井崎が、下から、

「大丈夫か？」

と、声をかけてきた。

十津川と直子は、パジャマ姿で、下におりていった。

「今のは、いったい、何だろう？　かなり大きな、爆発音だったぞ」

と、十津川が、いった。

直子は、

「本当に、すごい音。部屋が揺れたので、ビックリしてしまいました」

「音がしたのは、湖畔《こはん》のほうだったから、ちょっと、見てくるよ」

井崎がいうと、

「それじゃあ、私も、一緒に行く」

十津川が、それに応じた。

二人は、懐中電灯を持って、暗い道を、湖岸に向かって、歩いていった。

今の爆発音で、起こされてしまったのか、夜中にもかかわらず、数人の住人が家から出てきて、心配そうに、湖のほうを見つめていた。

湖岸に着くと、昼間見た、あの石碑が、消えてしまっていた。

というよりも、瓦礫《がれき》に、なっていたのである。おそらく、何者かが、あの奇妙な石碑に爆薬を仕掛けて、爆破してしまったのだろう。

一一〇番した人がいたらしく、しばらくすると、パトカーが二台、サイレンの音を響かせながらやって来て、辺りは、さらに、騒然となってきた。

二台のパトカーのフロントライトで、現場が、急に、明るくなった。

改めて、見るも無残《むざん》に、崩れてしまった石碑に、十津川は、目をやった。

いったい誰が、何のために、あの奇妙な石碑を、爆薬を使って爆破してしまったのだろうか？

パトカーの警官が、集まった人たちに、話を聞いている。どうやら、ケガ人は出ていないらしいが、近くにあったボート小屋が吹き飛ばされて、屋根や羽目板《はめいた》が壊《こわ》れて、散乱していた。

湖岸にある交番から、巡査長が、バイクでやって来て、壊された石碑について、パトカーの警官に、説明している。

十津川と井崎は、いったん、民宿に戻り、起きてしまった家族に、現場の状況を、説明した。

直子も井崎の家族も、完全に、目が覚めてしまって、なかなか、寝つかれないという。井崎の妻が、コーヒーを淹《い》れ、茶菓子を、出してくれた。

「例の石碑、本当に、壊されてしまっていたの？」

直子がきく。

「ああ、完全に、壊されてしまっていたね。爆破されて、瓦礫の山になっていた。

「それなら、そこの壁に、貼ってある石碑の写真、値打ちが、出るんじゃないの？」

直子が、壁を指差しながら、いった。

「あの写真は、かなり前に、家族でここに引っ越してきた時に、妙な石碑があるなと思って、撮《と》っておいたんですよ」

井崎が、直子に、説明する。

「あの石碑には、六〇・七・六と、日付が彫ってあったから、今から、五十年前に建てられたことがわかる。その後、今までに壊されそうになったことは、一度も、なかったのか？」

十津川が、きいた。

「俺が聞いた限りでは、これまでに、あの石碑を壊そうとした人間は、一人も、いないらしいよ」

「それを、突然、今晩、何者かが破壊したということか？　いったい、どういうことなんだろう？」

「さあ、俺には、分からないな。見当もつかないよ」

井崎が、いう。

「石碑に刻まれた、文章から見ると、湖面に浮かんでいた人間を殺した犯人が、石碑を建てたと考えて、間違いないだろうと思うが、今回の爆破犯人は、その人間と関係があるんだろうか？」

「殺された男の人の家族が、爆破したんじゃないかしら？」

井崎の妻が、いった。

「私もそれを考えていたところです。その可能性は、大いにありますね」

と、十津川は、応じてから、

「五十年前に殺された、男の家族が名乗り出てこなかったのは、男に、明らかにできない秘密があったのかもしれません。そう考えてみれば、五十年前に、被害者の家族が、名乗り出てこなかったことも説明がつくし、ついに我慢ができなくなった家族が、今夜、あの石碑を破壊してしまったということも、十分に、考えられますね」

2

夜が明けてから、十津川夫婦は、ようやく、自分たちの部屋に戻って、仮眠を取った。

二人が、完全に、目を覚ましたのは昼過ぎである。

直子が、どうしても、現場を見たいというので、十津川は、直子を連れて、湖岸に出てみた。

爆破で壊された、石碑の周辺は、依然《いぜん》として瓦礫が散乱し、周囲に、警察が、黄色いテープを、張りめぐらしていた。その周りに、地元の人間や、観光客が集まっている。

中には、新聞記者らしい人間もいて、瓦礫の山の写真を、盛んに撮ったり、ボイスレコーダーを片手に、集まっている人たちに話を聞いたりしていた。

「あの瓦礫の山を見ると、破壊した人間の、何というか、強い意志のようなものを、感じるわね」

と、直子が、いう。

「同感だ。犯人は、ただ単に、石碑に爆弾を巻きつけて、破壊したんじゃないね。たぶん、石碑の根元に穴を掘り、そこに爆弾を仕掛けて、爆破させたんだろうと思う。そんなやり方を想像すると、君のいうように、犯人は、石碑を完全に、粉々に壊したかったんだろうと思うね」

「もしかすると、犯人は、石碑の文句がイヤだったんじゃないかしら？　だから、壊したくなったのよ」

「たしかに、そうかも、しれないね。いずれにしても、何か、大きな事件の臭《にお》いがする」

「でも、これは、殺人事件じゃないわよ」

「ああ、それは、分かっている」

「本当に分かっているの？　それならいいんだけど、私たちは、ここには、休暇で来ているんですからね。くれぐれも、それを忘れないでくださいね」

直子が、十津川の顔を見ながら、念を押した。

「少し、散歩してみようじゃないか？」

十津川が、提案し、二人は、湖岸の舗装道路を、ゆっくりと歩き出した。

昨日井崎が話してくれた国際村の入口が見えた。

目を凝《こ》らすと、国際村の中の道は、全く、舗装されていなくて、全ての道が、砂利《じゃり》道になっている。そんなところにも、ここに住む外国人たちの、自然を守ろうとする気持ちが表われているのだろう。

十津川は立ち止まり、湖面に目をやった。木造の桟橋《さんばし》が、湖に突き出ているのだが、その根元には、「野尻湖協会ＮＬＡの私有地です。立入を禁止します」の看板があった。この辺りは、プライベートビーチなのだ。

「さっき見た破壊された石碑だが、ちょうど日本人が、住んでいるところと、外国人の住んでいる国際村との境目《さかいめ》に建っていたことになる」

と、十津川が、いった。

「その通りだと思うけど、それが何かに関係しているの？」

「五十年前、この湖に、四十代の男の、死体が浮かんでいた。その死体が、浮かんでいた場所は、ひょっとすると、あの石碑が建っていた場所の、延長線上じゃなかったんだろうか？」

「つまり、どういうこと？」

「この野尻湖では、日本人の住んでいる場所と、外国人の別荘がある場所が、はっきりと分かれている。だとすると、棲《す》み分けじゃないが、湖面も、真ん中あたりで、どちらかに、分かれるような感じが、あるんじゃないのかな？　五十年前の死体は、真ん中あたりに、浮かんでいたらしいから、日本人側の湖面と、外国人側の湖面のちょうど、境目になるんだよ。犯人は何かのメッセージの意味で、あの場所に石碑を建てた」

　と、十津川が、いった。

「あの石碑には、島崎修一郎という日本人の名前が、書いてあったじゃないの。あの石碑が、犯人が、殺人を犯した後で、殺した男の名前を、書いたものだとすれば、被害者は、日本人ということになるわ」

「ひょっとすると」

　と、十津川が、いった。

「ひょっとすると、何なの？」

「五十年前に殺された男は、国際村に関係する二重国籍の人間だったかも、しれない」

と、十津川が、いった。

3

十津川夫婦は、国際村への入口まで行き、そこにいる、ガードマンらしき人間に、十津川が、警察手帳を見せて、村の中を、見せてもらえないかと頼んだ。

別荘地への入口にいたガードマンは、日本人だった。

「例の石碑が、壊された一件で、捜査をされているんですか？」

と、ガードマンが、きく。

「ええ、それも、少しはあります」

十津川がわざと、あいまいにいった。

「しかし、この国際村は、石碑が破壊された事件とは、全く、関係がありませんよ。ここに住んでいる人で、日本語の、書かれたあんな石碑を、爆破しようと考える人なんか、一人もいませんから」

と、ガードマンが、いう。

「それは、もちろん、分かっています。それでも、一応、村の中を少し拝見したいのですよ。犯人が、この、別荘地に逃げ込んでいるかもしれませんから」

ガードマンは、どこかに、電話をかけていたが、その後で、十津川夫婦に向かって、

「許可が下りましたので、どうぞお入りください。外国人というのは、プライバシーを、重んじますから、家の中を、覗《のぞ》くようなことは、絶対に、しないでください」

と、念を押した。

「分かっていますよ」

十津川は、苦笑し、直子と二人で、奥に向かって歩いていった。

静かである。

林の中には、クラブハウスがあったり、貸別荘があったり、ロッジ風の事務所が点在している。

しばらく歩いていると、そのうちに、ゴルフコースが見えてきた。三、四人の

外国人の姿があった。

十津川は、ゆっくりと歩きながら、別荘の入口の表札を、見ていった。

そのうちに、急に立ち止まって、

「見てごらん。この表札は、明らかに、日本人の名前だよ」

と、いった。

村の入口から林の中に、細い道が続いていて、ところどころに、表札が見える。

十津川が示した表札には、ローマ字で、

「HARADA」

と、あった。

たしかに、これは、日本人の名前で、おそらく、原田ということだろう。ただ、「HARADA」のあとに、「KARY」とあったから、二世かもしれない。それに、二重国籍を持っていれば、この国際村に住む資格があるのかもしれない。

広い別荘地帯をゆっくり見廻《まわ》ってから、十津川たちは、外へ出た。

「あの石碑には、島崎修一郎という名前があったから、国際村の中に、島崎という表札があるんじゃないかと思ったが、見当たらなかったね」

十津川が、直子に、いった。

バス停の辺りまで、歩いてくると、交番が見えた。昨日現場で見た中年の巡査長が、電話の応対に追われている。その電話が、終わるのを待って十津川は、巡査長に声をかけ、自分の警察手帳を見せた。

中年の巡査長は、目の前にいる、十津川が警視庁の人間と知って、ビックリした顔になり、

「わざわざ、捜査のために、警視庁からいらっしゃったんですか？」

十津川は、笑って、

「いや、今回は、たまたま、休暇で、こちらに来たんですよ。大学時代の友人がやっている民宿に、泊まっているんですが、寝ていたら、昨夜の爆破で、民宿が揺れましてね。ビックリしましたよ」

「なるほど。そういうことですか」

「それで、爆破犯人の目星《めぼし》は、もう、ついたんですか？」

十津川が、きいた。

「それが、どうにも、なかなか犯人が、分からないようです」

と、巡査長が、いう。

奥から若い巡査が、出てきて、十津川と直子に、お茶を、出してくれた。

「私の大学時代の友人が、今、ここに、住んでいるんですが、彼の話だと、今から五十年ほど前に、湖に浮かんでいた男の死体が見つかったんだそうですね。そうした事件のことは、申し送りになっているんですか？」

「そうです。私も、ここに赴任《ふにん》してきた時、まず最初に、その事件の話を、聞きました」

巡査長は、いい、事件のことを、簡単に、説明してから、

「その時、事件を報道した、新聞の切り抜きを渡されました。それをご覧になりますか？」

と、いい、十津川が、ぜひ見たいというと、机の引き出しから、その新聞記事を取り出して、見せてくれた。

たしかに、一九六〇年（昭和三十五年）の七月六日の夕刊である。さすがに、五十年以上経っている新聞なので、少し黄ばんでいる。

そこには、間違いなく、湖に浮かんでいた死体の記事が、載《の》っていた。

「本日早朝、湖に、釣りに出かけた観光客の一人が、湖面に浮かんでいる水死体を発見して、一一〇番した。

警察が死体を引き上げて、調べたところ、この水死体は、四十代と思われる男性で、左胸を銃で撃たれた後、湖に投げ込まれたと見て、警察は殺人事件と断定、ただちに、捜査を開始した。

水死体は、所持品が何もなく、しかも、地元の人間たちは見たことがない顔ということで、警察は、身元の確認に、手間取っている」

その記事の中に被害者は、身長百七十三センチ、体重七十二キロと、書いてあったから、当時としては背の高いほうである。十津川が推理したのと同様、被害者は、戦争の体験がある人間に、違いないと、新聞にも書かれていた。

もう一枚の新聞記事は、同じく夕刊で、一九六〇年だが三日後の七月九日の日付になっていた。

「湖岸に突然、高さ一・五メートルの石碑が現われて、付近の住民たちが、驚いている。何者かが、あらかじめ造っておいた石碑を、ここに、建てたものと思われる。
石碑には、六日に、湖面で見つかった死体について、島崎修一郎という名前が、書いてあったが、死体との関係は、今のところ、不明である。警察では、引き続き、捜査を進めている」

これが、その新聞記事だった。そこには、問題の石碑の写真も、載っていた。
記事の見出しは、「奇妙な石碑」になっていた。

十津川が、巡査長と、話している間に、電話が鳴り、電話に出た巡査長が、十津川に向かって、

「石碑の件ですが、爆破された直後に、近くに停《と》めてあった車が、猛スピードで走り出すのを目撃した住民が、いたそうです。その車の、ナンバーは、詳しいところは分からないそうです」

「その車の主が、石碑を爆破した犯人と見ているわけですか？」

「いや、まだ、そこまでは、分かりません。ほかにも、目撃者がいないかどうかを調べるように指示があったので、申し訳ありませんが、失礼します」

と、いって、巡査長は、慌《あわ》ただしく、交番を、出ていった。

十津川と直子も、残っている、若い警官に、お茶のお礼をいってから、交番を出た。

近くに、キャンプ場があり、そこでは中学生らしい生徒たちが、バーベキューの用意をしているのが、見えた。

十津川夫妻は、キャンプ場の近くにある公園に行き、ベンチに腰を下ろして、もう一度、湖面に、目をやった。

すでに、昼近くなっているのだが、暑いという感じはない。

この野尻湖は、湖面の標高が、六百五十七メートルという。軽井沢に比べると、標高は、少し低いが、湖の周辺を見渡すと、妙高山《みょうこうさん》、黒姫山、飯綱山《いいづなやま》という山々が、連なっていて、静かな上に涼しい。

外国人たちが、賑やかになってしまった、軽井沢を敬遠して、ここに、移ってきた理由がよく分かるような気がした。

「でも、五十年前には、ここで、殺人が行なわれたのよね。この景色を見ていると、そんなことが、あったなんて、とても、思えないけど」

と、直子が、いう。

「来年は、太平洋戦争が終わって、七十年になるんだ」

十津川が、急に、関係のないようなことを、いった。

どう返事をしていいのか分からず、直子が黙っていると、十津川は、さらに言葉を、続けて、

「つまり、来年七十歳になる老人は、戦後生まれということになるんだよ。そこへいくと、私なんか、戦争が終わってから、三十年も経って生まれたことになる」

と、いった。

「どうして、急に、そんなことをいい出したの?」

と、直子が、きく。

「ここに来て、急に、戦争が、また、身近な存在になってきたんだ。この静かな湖に、浮かんでいた死体の男は、五十年前に、四十代だといっていた。間違いな

く、死体の男は、戦争を、経験しているだろうし、たぶん、その時の犯人も、戦争体験者だと思うね」

「そうかも、しれないけど、戦争が終わって、七十年になることも、紛《まぎ》れもない、事実なのよ」

「たしかに、そうなんだ。しかし、問題の石碑が、爆破されたことで、まだ戦後が、終わっていないことを、私に、感じさせてしまった」

「人間は、誰だって、歴史の中に生きているんだから、過去を引きずるのは仕方がないわ」

「たしかに、君のいう通りだが、ただ、歴史に、生きるといって、その歴史に、誰もが責任を、持たなくてはいけないのかは問題だな」

と、十津川が、いった。

4

翌日、井崎から、十津川が、相談を受けるような事態になった。

十津川と直子が朝食を食べていると、井崎が、横に来て、

「俺たちの大学の、名物教授に、小田切《おだぎり》先生がいただろう？　君は、あの先生のことを、覚えているか？」

「もちろん、覚えているよ。たしか、もう、九十歳を超えているんじゃないかな。それでも、今でもたまに、テレビに、出たりしている。小田切先生は、ウチの大学では、いちばんの名物教授だよ。まれに大学で特別講義をすることもあるはずだ」

と、十津川が、応じた。

「小田切先生が、今度、本を出すことになったんだそうだ。本の題名は『歴史に生きる』だ」

と、井崎が、いう。

とたんに、十津川が、思わず、笑ってしまったのは、昨日、妻の直子と、似たような話を、していたばかりだからである。

「それで、小田切先生が、どうしたというんだ？」

「昨日の夜、突然、小田切先生から、電話があってね、こちらで起きた事件につ

いて、今書いている原稿の参考に、したいというんだ。それで、今日、そちらに行くから、ぜひ、話を聞かせてくれないかというんだ。夕方には、こちらに、着くそうだ。君がいたら、小田切先生は、君の意見も、聞きたがるんじゃないかと思うね」

「小田切先生は、今、九十いくつだというから、間違いなく、太平洋戦争に、出征しているはずだな」

「たしか、陸軍将校として戦争に行ってるはずだ。以前、先生から、そんな話を、聞いたことがある」

その日の、夕方になって、小田切正雄《まさお》が、到着した。小田切は、今年で、九十五歳になるというが、杖《つえ》を、突きながらも、かくしゃくとして、いたって、元気だった。

十津川は、大学を、卒業した後、一度も母校に行っていないから、十数年ぶりの、小田切名誉教授との、再会だった。

小田切は、そこに、十津川がいたので、驚いた顔になっている。

「十津川君じゃないか。君のことは、よく覚えている、それに、君が今、警視庁捜査一課にいることも、知っているよ」

「ご無沙汰《ぶさた》しております。お変わりありませんか？」

「ああ、歳《とし》は取ったがね、相変わらず、元気でやっておるよ」

「ところで、先生、こちらで、妙な石碑が、爆破されたことに関心をお持ちだそうですが」

十津川が、いった。

「その前に、ここで、殺人事件があっただろう？　たしか、五十年ほど、前のことだ。そのことも私には関心があった。どこか、戦争に関係しているんじゃないかと、思ったからね」

「今回、先生は『歴史に生きる』という本を、書かれているそうですが、それと今度の事件とが、関係があると、お考えなんですか？」

井崎が、きいた。

「まだ確証はないが、五十年前の殺人事件と、関係していることは間違いないだろうと思っている。そうだとすれば、今回の事件は、日本の、戦争の歴史と、どこかで、関係しているはずだ。それを、自分の目で確認したくてね」

小田切は、いう。

「先生は、太平洋戦争の時、戦っておられたんじゃありませんか？」

十津川が、きいた。

「二十一歳の時に、応召《おうしょう》してね、南太平洋を、転々として、最後は、マリアナ決戦だった。サイパン島にいて、危《あや》うく、死にかけたよ」

小田切が、ふと、遠くを見るような目になった。

「サイパンですか」

と、井崎が、いう。

「あの島は、たしか、守備の日本兵が全員玉砕《ぎょくさい》して、占領したアメリカ軍が、B二九の飛行場を作って、本格的なB二九による日本の、大都市への爆撃が始まったと、聞いていますが」

「その通りだが、全員玉砕といっても、実際には、かなりの日本軍の兵士が、捕《ほ》虜《りょ》になっている」

と、小田切が、いった。

「たしか、私も、以前に、本で読んだことがあるんですが、日本軍は、終戦までの間に、全部で二十万人ぐらいが、捕虜になっているそうですね？」

　十津川が、いった。

「その通りだ。それでも、第二次世界大戦を通じて、捕虜の数が、一番少ないのは、日本軍なんだよ。二番目に少ないのは、ソビエトで、ほかのアメリカ、イギリス、ドイツなどの国と比べると、この二つの国が、明らかに、捕虜になった兵士の数が、少ない」

　小田切が、いった。

「日本軍の捕虜の数が、少ないのは、例の『戦陣訓《せんじんくん》』のせいじゃありませんか？東條英機《とうじょうひでき》陸相の示した『生きて虜囚《りょしゅう》の辱《はずかし》めを受けず』で、とにかく、『戦陣訓』というのは、敵の捕虜に、なるくらいなら、自決しろという訓示だから、そのために、日本軍の捕虜の数が、少ないんじゃありませんか？」

　と、井崎が、いう。

「君のいう通りでね。私は、だから、あの『戦陣訓』には、今でも無性《むしょう》に腹が立つんだ。もし、あんなものがなかったら、兵士だけではなく、民間人も、どのくらいの数の、日本人が、無駄に死なずに、済んだか分からないからね」

「ソビエト軍の捕虜の数が、少ないのは、どうしてですか?」

井崎が、きく。

「それは、ソビエト軍の兵士で、捕虜になると、帰還できても、裁判にかけられ、ヘタをすると、シベリアに、送られてしまうからね。それが怖くて、ソビエト軍の兵士の捕虜の数が少ないんだ」

「私には、戦争の経験は、ありません。しかし、どうしても、『戦陣訓』が、不思議で仕方がないんです」

十津川が、いった。

「十津川君は、『戦陣訓』の、どこが、不思議なのかね?」

小田切が、十津川に、きく。

「『戦陣訓』というのは、法律というわけではないですよね。いわゆる訓示のようなものでしょう? あれが法律だというのなら、それを守って、捕虜になるくらいなら、自決するといっても、おかしくはないのですが、たかが、訓示なのに、どうして、兵士も市民も『戦陣訓』を頑《かたく》なに、守っていたのでしょうか? 私には、その点が、どうにも、不思議で仕方がないのです」

十津川が、いうと、小田切は、ニッコリ笑って、

「なかなか、いいところに、気がつくじゃないか。たしかに、あの『戦陣訓』というのは、法律なんかじゃないんだ。今、君がいうように、せいぜい、当時の、陸軍大臣の名で示達《じたつ》した、訓諭《くんゆ》なんだよ。だから、頭の切れる石原莞爾《いしはらかんじ》という将校は、あんなものは、守らなくてもいいと、部下に、いっていたからね」

「『戦陣訓』を、守らないと、どういうことに、なるんですか？」

井崎が、きいた。

「当時の日本軍の兵士が、守らなくてはならないものとしては、陸軍には『陸軍刑法』というものが、あった。海軍には『海軍刑法』もあったから、兵士として何か間違ったことをすれば、この法律によって罰せられたんだ。それなのに、なぜだか分からないが、当時の兵士たちは『戦陣訓』のほうを、重んじた。実際には『陸軍刑法』のほうに、従《したが》わなくては、いけないというのにね。そのことも、今回の本に、書くつもりでいたら、この野尻湖で妙な事件が、起きた。その事件は、私が今いった、戦争中の、軍隊の刑法に、関係があるのではないかと思って、それで、ここに調べに来たんだよ」

小田切がいう。

「私は『戦陣訓』は、読んだことがあるんですが、今、先生のいわれた『陸軍刑法』というのは、読んだことがありません、どんな刑法だったんですか？」

十津川が、いうと、小田切は、ポケットから丸めた、パンフレットを取り出して、二人の教え子の前に、置いた。

「これが戦争中の『陸軍刑法』だよ。戦争中は、陸軍の兵士、もちろん、将校もだが、全員が、こういう刑法に従っていたことになる。海軍の兵士も同じだ」

十津川は、そのパンフレットに、目を通してみた。

昔風の文語体で、明治四十一年に、制定された、と書いてある。この『陸軍刑法』が効力を、失ったのは、昭和二十二年の五月三日と、あった。

「今、ざっと、目を通してみたんですが、なかなか、面白いことが書いてありますね。今の自衛隊にも、これと同じような刑法が、あるんでしょうか？」

「もちろん、あるだろう。いや、なければおかしいんだ。もし、自衛隊に、刑法のようなルールがなければ、兵士は、自分勝手に、何でも、自由にやってもいいことに、なってしまうからね。もし、自衛隊に、自衛隊刑法のようなルールがないとしたら、現代の社会では、その存在は認められない」

と、小田切が、いった。

「それで、先生が、今回出される本と、こちらで起きた事件の、関係ですが」

井崎が、いいかけると、小田切は、井崎の言葉を、遮《さえぎ》るようにして、

「太平洋戦争で、日本の軍隊は、太平洋の全域に、進出して、そこで、戦った。中国では、大陸の広い範囲が、戦場になった。そのほか、ビルマ、仏印《ふついん》、ニューギニアなどを、日本軍が次々に、占領している。その間、硫黄島《いおうとう》、あるいは、サイパンなどで、玉砕しているが、そういう話は、いくらでも出てくるのに、『陸軍刑法』の話は、全くといっていいほど、出てこないんだ。日本の兵士と一般市民との関係でも、この『陸軍刑法』が適用されるし、日本の陸軍自体の、内部の問題にも、この『陸軍刑法』は適用されるんだ。それなのに、どうして、この刑法の話が、出てこないのか？　私には、それが、不思議で仕方がないんだよ」

「たしかに、日本の軍隊の、華々《はなばな》しい戦闘の話や、逆に、兵士たちが、他国民に、暴力をふるった話とか、日本陸軍の中でも、盛んに、いじめがあったり、いじめに耐えかねて、自殺を図《はか》った兵士までいたという話は、いくらでも、聞いたこと

があるんですが、先生のおっしゃるように、そうした事件に『陸軍刑法』が、適用されたという話は、あまり、聞こえてきませんね。それなのに、『戦陣訓』の話は、やたらに、出てくるんです。そこのところは、私にも、不思議で仕方がないんですよ」

十津川がいう。

「五十年前に、この、野尻湖で四十代の男が殺されたといわれている。たぶん、殺したほうも、四十代ではなかったかと、私は、考えたんだ。そうすると、当然、二人とも、戦争に行っている。それから、その後、妙な石碑が、建てられた。その文句にも、私は、興味を、持っている。そして今度は、その石碑が、爆破されたという。そうなると、ますます私は、戦争と関係があるのではないかと、思うようになってきてね。それで、ここに来てみたんだ。もし、私が、書いている本の参考になれば、それを、入れて、完璧《かんぺき》な本として、出版したいんだよ」

と、小田切は、いった。

十津川には、小田切の、顔を見てから、どうしても、ききたいことがあった。

十津川は、思い切って、それを小田切にぶつけてみることにした。

「先生は、サイパンで戦ったのが最後だと、おっしゃいました。全員が、玉砕したといわれているけれども、実際には、かなりの捕虜がいたとも、いわれました。それで、おききしたいのですが、小田切先生は、サイパンで、アメリカ軍の、捕虜になったんですか？」

第二章　戦争の記憶

1

十津川の言葉に、小田切が微笑した。その微笑に、十津川は思わず、気持ちで引いてしまった。何か、ひやりとした冷たいものを感じたからである。

十津川が警視庁の刑事になって、今年で十五年になる。その間、十津川は、捜査一課一筋でやってきた。

捜査一課は、殺人や強盗など、担当する事件のほとんどが、凶悪なものであり、相手にするのも、危険な、犯人たちである。彼等を逮捕し、尋問《じんもん》する時、時として、自分が相手の気持ちを分かっていない感じで、引いてしまうこともあった。

今、小田切の微笑の中に、それと似た戸惑《とまど》いを、十津川は感じたのだ。十津川が発した質問と、それに対する小田切の微笑。その微笑は、明らかに、十津川の質問に対する答えを拒否していた。

今ではなくて、話したい気持ちになったら話す。小田切の笑いには、いわば、そんな拒否の匂《にお》いがあった。もっと勘《かん》ぐれば、今、話しても、お前には、分からないだろうという目であり微笑だった。

十津川は、別の質問をしてみることにした。拒否を含んだ小田切の笑顔の中に、別の質問なら、答えてやるという、優しさのようなものも感じたからである。

「小田切先生は、戦時中はサイパン島で米軍と戦われたんでしたね？」

「ああ、そうだ。たしかに、私は、太平洋戦争中、サイパン島守備隊に所属していたよ。サイパン島の近くには、ほかにテニアン、グアムという二つの島があって、そちらのほうにも日本軍の守備隊がいたが、いちばん大きなサイパン島には、主力部隊が配備されていたんだ」

「私は戦後の生まれなので、当然のことですが、戦争体験というものは、全《まった》くありません。ですから、戦時中のサイパン島の話というのは、本で読んだだけですが、日本の当時の大本営や陸軍大臣の東條などは、サイパン島の守備に関して、かなりの自信を、持っていたようですね？」

「たしか、東條英機は首相兼陸相だったと思うが、天皇陛下に訊《たず》ねられて、サイパン島やテニアン島の警備は万全で、アメリカ軍に占拠《せんきょ》されるようなことは、永久にありませんと答えているから、相当の自信を持っていたんだろうと思う」

「どうして、東條陸軍大臣は、そんなに自信満々だったんですか？　その頃は、アメリカ軍に、押されっ放しだったんでしょう？」

「東條陸軍大臣だけじゃない。大本営だって、飛行機の掩護《えんご》がなくても、サイパンを、守ることができると、発表していた」

「先生、当時の日本軍は、いったい何を根拠に、そんな自信を持っていたんでしょうか？　私の聞いた限りでは、ガダルカナルでも、ニューギニアでも、敗《ま》けていたのに」

井崎が、十津川と同じ質問を小田切にぶつけた。

「例えば、兵力密度というものがある。一平方キロメートル当たりでいうと、サイパン島では兵士が二百三十名、火力も海岸四十キロを見ると、一平方キロメートル当たり六・五門の火力が用意されていた。どちらも、当時の日本が守備をしていた島の中では、最高の、数字なんだ。だからこそ、大本営も、東條陸軍大臣も、自信を、持っていたんだと思うね。それにもう一つ、大本営は、サイパン島にアメリカ軍が上陸してきた場合、応援部隊を送ると、約束していた。それまで、さまざまな島での攻防では、応援部隊が送られないので、守備隊は孤立してしまい、いくら頑張って戦っても、最後には全滅してしまった。その点、サイパン島、あるいは、テニアン、グアムで大本営が約束していた通りに、応援部隊が送られてくれれば、当然全滅はない。だから楽観的に、考える守備隊の兵士もたくさんいたんだ」

と、小田切が、いった。

「ある本によると、サイパン島の守備計画が立てられたのは、昭和十八年（一九四三年）の十月だったと書いてありましたが、それは、やはりアメリカが量産を始めたB二九爆撃機のせいですか？」

と、十津川が、きいた。

「アメリカが、B二九という巨大な爆撃機を量産していることは、もちろん、大本営には分かっていた。九州方面には、中国から飛んできたB二九が、しばしば姿を現わしていたからね。

　B二九の性能もだいたい分かっていた。一番の問題は、四トンの爆弾を積んで、六千キロの航続距離を持つこと。もう一つは、当時の日本軍の高射砲や戦闘機が、到達できない高高度を飛べることだった。だから、もし、アメリカ軍がサイパンを占拠して、そこにB二九の基地を作ったら、東京を含めた日本内地のほとんどが、B二九の爆撃圏内に入ってしまうことになる。それは、何としてでも食い止めなくてはならないと、大本営は考えて、強力な守備隊を組織して、サイパン島を含めたマリアナ諸島に続々と送り込んでいくことにした」

「その時、小田切先生は、守備隊の一人としてサイパン島にいらっしゃって、大本営と同じように、アメリカ軍が上陸してきても、追い払うだけの自信を持っておられたのでしょうか？」

「実は、サイパンの防衛は、最初、中国大陸から、第十三師団が呼ばれて、当たることになっていたんだが、中国の戦況が激しくなってしまい、急遽《きゅうきょ》、内地にいた第四十三師団が、サイパンに送られることになった。その師団に私がいたんだ」

「小田切先生たちが、貧乏クジを引いたわけですか？」

井崎が、遠慮のない口調でいうと、小田切は苦笑した。

「当時は、思っていても、そんなことは、口に出来ない時代だった。それに、私には、別の不安があった。日本の敗勢が強くなるに従って、兵隊が足らなくなってね。昔なら兵隊にとらないような男でも、召集して、員数合わせをするようになった。私のいた第四十三師団は、急遽召集した新入りの兵士が多かった。実戦経験がないか、実戦から遠ざかっていた兵士だよ。いつかやってくる本土決戦に備えて、私たち将校や下士官が、必死で、新兵たちを、一人前の兵士に育てるために、連日訓練をしていたんだが、その途中で、サイパン行きを、命ぜられてしまった。不満だったが、第四十三師団の先遣隊《せんけんたい》は、昭和十九年の五月十四日に横浜《よこはま》を輸送船で出発し、十九日にサイパンに到着し、第二陣は、二十八日に出発、六月七日に到着し、翌日から、現地での猛訓練が始まった」

「島を守る訓練って、どんなことをするんですか？」

「それがだよ――」

と、小田切は、しかめ面《つら》をして、

「開戦直後から、勝ち続けたんで、守備のことは、ほとんど、考えていなかった。それが、ガダルカナルで敗北し、タラワ、マキンと、敗色が濃くなって、大本営は慌《あわ》てて、島の守備について考えるようになった。昭和十八年十一月になって、やっと、『島嶼《とうしょ》守備部隊戦闘教令案』が出来上がった。だから、それに従って、訓練をすることになったんだ」

「とにかく、間に合ったわけですね」

「だが、私には、他にも、心配なことがあった」

「どんなことですか？」

「タラワ、マキンと違って、サイパンには、民間人がいたことだよ。市民を疎開させることも考えたが、結局、二万人の民間人が残ってしまった。われわれは、結局三万人の兵士で、サイパンを守ることになったのだが、三万人で、アメリカ兵と戦いながら、二万人の民間人を守らなければならない。果たして、それが、可能かどうか、自信がなかった。邪魔になったら、戦車で轢《ひ》き殺せばいいと乱暴なことをいう参謀もいたが、そんなことは出来るはずがないんだ」

「大本営の作った『島嶼守備部隊戦闘教令案』には民間人の処置については、書いてなかったんですか？」

「残念ながらなかったね。それに、ああいうマニュアルは、全《すべ》て、都合よく書かれているからね」

「どんなマニュアルなんですか？」

「簡単にいえば、水際殲滅《みずぎわせんめつ》作戦だよ。上陸してくるアメリカ軍を、水際で迎え撃ち、海に追い落とすということだ。私たちは、そのマニュアルに従って、海岸にコンクリートの障害物を並べ、塹壕《ざんごう》を掘り有刺鉄線《ゆうしてっせん》を張り、その中で、夜襲の訓練を繰《く》り返した。しかし、六月十一日には、アメリカの第五艦隊が近づき、十三日には、爆撃と、艦砲射撃が始まった。さらに十五日の早朝、アメリカの海兵隊が上陸してきた」

「その第五艦隊というのは、どんな戦力を持っていたんですか？」

「それが呆《あき》れるほどの大部隊でね」

と、小田切は笑う。

「あの大艦隊を見ると、怖いというより、笑うしかないね。指揮官は、ミッドウェイで勝ったスプルーアンスで、主力の空母が二十九隻《せき》、戦艦を含めた戦闘艦が二百隻、補助艦艇二百七十隻、航空機が千三百五十機、その大艦隊に随軍した攻撃部隊が十七万五千人といわれた」

「サイパンに配備されていた、守備隊には何人の兵隊がいたんですか？」

「第四十三師団が主力で、陸軍が全部で二万五千、海軍が六千人。合計で三万一千。正確にいえば、三万一千六百二十九人だ。サイパンに上陸してきたアメリカの海兵隊は、六万七千人だった」

「兵隊の数でも、二対一ですね。当然、絶望的にならざるを得ないんじゃありませんか？」

「数字だけ見ればその通りだ。その上日本海軍の連合艦隊も、アメリカの艦隊を迎え撃って全滅してしまった。それでも、私たちには、希望があった。それは大本営がサイパンは見殺しにはしない、必ず増援部隊を送ると、約束していたからだ」

「それを信じていたんですか？」

「ああ、信じていた。天皇が、宮中で、サイパンの防衛について質問された時、東條首相兼陸相は、『サイパンは、絶対守ってお見せします』と、約束していたからだよ。まさか天皇陛下には嘘《うそ》はつかないだろうと思っていたんだ」

「それで、実際には、どんな戦いだったんですか？」

「とにかく、制空権も、制海権も、アメリカ軍に握られているから、昼間の攻撃は不可能だった。従って夜間の突撃しかない。六月十五日に上陸したアメリカの海兵隊に対して、私たちは、十六日の未明、午前三時に最初の夜襲を決行した。しかし、失敗した。日本軍の夜間攻撃というのは、銃に剣をつけ、足音を殺し、ひっそりと相手の陣地に近づき、いきなり、肉弾戦に持ち込む。銃は持っているが、撃つためではない。撃ってはいけないのだ。撃ち合いになれば、火力にまさるアメリカ軍に、負けるに決まっていた。だから、隣りにいる兵士に、敵の弾丸が命中して倒れても、かっとして引金《ひきがね》をひいてはならない。この夜の攻撃は、初めは成功した。敵の左翼が、私たちの肉弾攻撃に驚いて、逃げ出したからだ。しかし、夜が明けるにつれて、爆撃と、艦砲射撃が始まり、次々に兵士たちが倒れていった。結局、失敗に終わったのだよ。

七百人あまりの仲間の死体を海岸に残して退却せざるを得なかった。それでも、私たちは次の日も、夜襲をかけた。今度は、数十両の戦車を、先頭に立てての攻撃だったから、海岸にへばりついているアメリカ兵どもを、今日こそ、海中に叩き落としてやると、私たちは、意気盛んだった。向こうも、戦車を動員してきたので、小さな島で珍しい戦車戦が、繰り広げられたが、あっという間に勝敗は決してしまった。こちらの三十一両の戦車が、炎上してしまったのだ」

「アメリカは、シャーマンでしたね。四万両以上も製造されている」

十津川と井崎の喋《しゃべ》ることは、全て、本で読んだか、経験者に聞いた知識である。同じことを喋っていても、そこが小田切の思いとは違うのだろう。だから、時々、小田切は、苛立《いらだ》ちを見せて、話す。

「たしか、日本の戦車と、シャーマンでは、装甲の厚さがずいぶん違っていましたね」

と、井崎がいうのへ、小田切は、

「日本の戦車は、ブリキのオモチャだよ」

と吐き捨てるようにいった。

「それまで、兵士たちは、戦車の傍《そば》にいれば安全だと思っていたが、あの戦いのあとでは、逆に危険だと思うようになった。向こうの弾丸一発で、爆発すると、わかったからだ」

「それでも、小田切先生たちの士気は盛んだったんですね」

「大本営は、サイパンの司令部に必ず増援部隊を送る。絶対に見捨てることはないという電報を打ち続けていたからだ」

「それを信じていたんですか？」

「不思議なものでね。絶望的な状況に追いつめられると、なおさら、たった一つの電報の言葉に、頼るようになる。信じたくなってくるんだ」

「しかし、増援部隊は、来なかったんでしょう？」

「ああ、そうだ。しかし、それだって、増援部隊は、近くまで来ているが、そこで、アメリカ軍と戦闘中だから、間もなく、到着するのだと、いいほうに考えてしまう。それが、とうとう本当の絶望に変わる時がきた。日本軍は、島の北部に追いつめられて、司令部は、洞窟《どうくつ》の中に、移動していた。私は、兵士ひとりをつれて、その本部に、出かけた。そこには、司令官の斎藤義次《さいとうよしつぐ》中将がおられて、いきなり、今後の作戦については、君たちに頼む、と、私にいわれるんだ。中将は自決するつもりだと私は感じた。同席していた近藤《こんどう》副官は、アメリカ軍の攻撃で、守備隊は、バラバラに分断されて、これからは、連絡がとれなくなる恐れがある。そこで、斎藤中将は、最後の指示を伝えるというんだ。そのあと、自決するつもりと分かったから、私は副官に、増援部隊を送ると大本営が約束しているのではないですかといった。副官は、『これを見ろ』と、一通の電報を放ってよこした。それは、東京の大本営（参謀本部）が、自分たちの香川《かがわ》大尉という若手の参謀を、サイパンに送っていて、その間に交わされた電報なんだが、極秘扱いを、たまたま、守備隊本部が傍受してしまったんだ。その電文は、今でも、私ははっきりと覚えている」

小田切は、メモ用紙に、その電文を、すばやく書いて、十津川と、井崎に見せた。

〈極秘

海軍ハ、「あ」号作戦ヲ陸軍ト協議ノ上、中止スルニ決ス。即《スナハ》チ帝国ハ、サイパン島ヲ放棄スルコトトナレリ。来月上旬中ニハ、サイパン守備隊ハ玉砕《ギヨクサイ》スベシ。

最早《モハヤ》希望アル戦争指導ハ遂行《スイコウ》シ得《エ》ズ。残ルハ一億玉砕ニヨル敵ノ戦意喪失ニ待ツノミ〉

「欺《だま》されたと、まず思ったね。そして、電文の中にある『来月上旬中ニハ、サイパン守備隊ハ玉砕スベシ』という言葉に、私は、驚いた。この日は、七月二日だから、大本営は、六月中に、増援部隊の派遣中止とサイパンの放棄を決定していたんだ。それなのに、必ず増援部隊を送ると、現地軍を欺し続けていた。ショックのあと、私は、だんだん怒りがこみあげてきた。私は、斎藤司令官と副官に、すぐ残存部隊の責任者をここに集めて下さいと要請した」

「何のためだ？」

「われわれは、大本営に、欺されていたんです。向こうは、増援部隊と絶対に見放さないというニンジンをぶら下げて、われわれを、玉砕させようとしている。そんな大本営の思い通りになって、どうするんですか。大本営が、われわれを見放したんですから、今後の方針は、われわれだけで決定すべきです」

「それは明らかな抗命だ。たしかに、大本営は、増援部隊を送って来なかっただけではなく、弾丸も食糧も送って来ない。そのため、兵士の中には、病人が増えてきている。玉砕以外に、何が出来るというのかね？」

「だから、それを、全員で考えるんです」

「私はその時、思わず、腰に吊《つ》るした拳銃を握りしめた。どうしても、反対されたら、副官を射殺してもいいと、思っていたのだ。

結局、もう一度残存部隊に連絡がとられることになった。

私は、戦友の友田《ともだ》中尉の考えも聞きたかった。士官学校の同期だが、彼は子供の頃、アメリカで過ごしたので、私たちとは、違う意見を、持っているに違いないと思ったからだ。十津川君と井崎君にも、この男の名前を覚えていて欲しいね」

「それで、洞窟内の本部に、集合したんですか？」

「何とか、バラバラになった部隊の責任者が集まった。友田中尉も来たが、彼は、いきなり斎藤司令官にいったんだ。

『この近くの山中に、数千人の民間人が息をひそめて、隠れています。彼等の意見も聞く必要があります』

その言葉に、中央から派遣された香川大尉が、嚙《か》みついたんだ」

ふっと、ため息をついてから、小田切は続ける。

「『皇軍は、天皇陛下の、ご命令だけに従って行動する。国民のことを考えて行動する必要はない』

『それでは、民間人は、勝手に行動していいんですね？』

『それは、どういう意味だ？』

『民間人はアメリカ軍に降伏してもいいということでしょう？　われわれと関係ないのなら』

『バカなことをいうな！』

と、香川大尉は、怒鳴《どな》ったよ。

『民間人だろうと、皇国日本の臣民である以上、ふさわしく行動してもらわなければならん。だから、その行動指針として民間人たちに「戦陣訓」を要約したものを百部与え、これをよく読んで、皇国民らしく行動せよといってきた』

『バカげています』

『何がバカなことだ。君も「戦陣訓」を読みたまえ』

『あれは、単なる兵士の心得《こころえ》ですよ。民間人は従う必要はないし、われわれ軍人もです。なぜなら、法律として守るものじゃないからです』

『では、君は、何を信じているんだ？　行動の指針は何だ？』

『指針としては、明治天皇に賜《たまわ》った「軍人勅諭《ちょくゆ》」で、自分の行動が正しかったかどうかは、「陸軍刑法」が決めることです』

友田が落ち着いていうと、香川大尉は、突然、

『生きて虜囚《りょしゅう》の辱《はずかし》めを受けず　死して罪禍《ざいか》の汚名を残すこと勿《なか》れ』

と大声で叫んだんだ。

そのあと、ポケットから『戦陣訓』を要約したパンフレットをわしづかみにして取り出すと、洞窟内にばらまいた。そして、叫んだんだよ。

『いいか。ここにいる者はよく聞け。全員、たった一行の「生きて虜囚の辱めを受けず　死して罪禍の汚名を残すこと勿れ」これだけを守ればいいのだ。他に考えることはない』」

しかし、友田中尉も、負けてはいなかったよと、小田切はいう。

「『今、われわれが考えなければならないのは、死に直面し、さらに大本営に裏切られたことです。それも、嘘をつかれたのです。大本営がそうなら、われわれも各自の意志に従って、行動しようじゃありませんか。正当な権利です』

香川大尉が、何かいいかけるのを、副官が止めた。友田に、

『それで、君は、どうすべきだと思うのかね？』

と、きいた。副官も、大本営に嘘をつかれていたことが、頭に来ていたんだろうね。友田は、ポケットから、『陸軍刑法』を取り出した。

『これは「陸軍刑法」で、私はいつも、持っています。明治四十一年に発効し、もちろん、今も有効です。皆さんは、おそらく、「陸軍刑法」に目を通したことなど、なかったと思いますが、「戦陣訓」なんかよりも、何倍も必要なものです。特に、現在のわれわれのように、追いつめられた時にはです。そこで、私の提案ですが、もう戦闘は止《や》めようということです。皆さんにも、現実がどんなものか、よく、お分かりのはずです。大本営は、援軍を送って来ないだけではなく、銃も、弾丸も、食糧も送って来ないのですよ。バンザイ突撃といえば勇ましいが、武器

も、弾丸もなく、素手で突撃すれば、いたずらに皆殺しになるだけで、意味がありません』

『意味はあるぞ！』

と、叫んだのは、香川大尉だった。

『皇軍の名誉が保たれる。世界中が、皇軍の兵士の勇敢さに感動するはずだ』

『世界中が驚くでしょうが、なぜ、死ぬのか分からないでしょうね』

『君の話を、もっと聞きたいが』

と、副官がいった。

そこで、友田が、持論をのべた。多分、反論を覚悟の上だったと思う。何しろ、あの頃の日本では、生きることよりも、死ぬことの方が立派だと思われていたからね」

と、小田切がいう。

「友田中尉の持論というのは、具体的に、どういうものだったんですか？」

と、十津川がきいた。

「勇敢に戦い、疲れ切った兵士に向かって最後に、死ね、玉砕しろと命令するのは、ひどすぎる。最後は、本人に、決めさせるべきだというのが、友田の持論だった。その中には、降伏も入っている。友田が、それを口にした時、予想したとおり、将校たちの間に、ごうごうたる非難の叫びが生まれた。抗議の理由は、一つだった。皇軍の名誉はどうするんだということだよ。勘ぐれば、今まで、自分たちの信じていたことが、引っくり返ってしまうのが、怖かったんだろうね。中には、拳銃で、友田を狙《ねら》う者までいた。ただ、斎藤司令官も、なぜか、友田に向かって、話を聞きたいと、いったので、友田は、持論を話すことが、出来たんだ」

小田切は、その時、友田中尉が、どんな話をしたか、具体的に、二人に説明した。

「友田はこういった――」

「『陸軍刑法』は、明治四十一年に施行《せこう》されていて、もちろん、今も有効です。第一条から、第百四条まであり、この中の第四十一条に注目してもらいたいのです」

〈第四十一条　司令官野戦ノ時ニ在《ア》リテ隊兵ヲ率《ヒキ》ヰ敵ニ降《クダ》リタルトキハ其《ソ》ノ尽《ツク》スヘキ所ヲ尽シタル場合ト雖《イヘドモ》六月以下ノ禁錮ニ処ス〉

「これをよく読めば、全力を尽くしたあとであれば、司令官が部隊を率いて敵に降伏しても禁錮六ヶ月という軽い刑にしか問われることはない。厳罰にはしないということです」

「それは、司令官のことだろう。部下は、どうなるんだ？　どんな責任を問われるんだ？」

と、斎藤司令官が、きく。

「司令官が微罪ですから、部下の兵士が、責任を問われることはありません」

「そうか。部下は、責任を問われないのか」

「そうです。ご安心下さい」

「もう一つ、ききたい。今、君がいった『陸軍刑法』の第四十一条は、野戦とことわっていた。サイパンのような島嶼《とうしょ》でも第四十一条は適用されるのかね？」

っています」

「島嶼という具体的な表現はありませんが、要塞戦の規定はあり、次のようにな

〈由来要塞ニ防禦《ボウギヨ》ニ当リ野戦ニ比シテ行動ノ自由ヲ欠ク救援糧食全ク杜絶《トゼツ》シ弾尽《ツキ》刀折レ兵モマタ疲弊困憊《ヒヘイコンパイ》スルノ時尚為《ナオナ》スヘキヲ求ムルハ求ムルモノノ非理ナル故ニ罪ヲ問ハサルナリ〉

「これは、尽くすべきを尽くしたあとなら、要塞を敵に渡しても、罪に問われないということです」

「しかし、要塞と島嶼とは違うだろう？」

「島嶼の解釈は、こうなっています。離島守備の場合、狭い島嶼内で防禦《ぼうぎょ》に尽くし、全く進退の自由を欠くのだから、これは一種の要塞戦であると、規定しています」

「わかった」

と、肯《うなず》く斎藤司令官に向かって、友田は、さらに強い調子で、

「もう一つ、私が気にかかっているのは、民間人のことです。彼等も、『戦陣訓』の呪いにかかっていて、昨日も、二人の女性が、北部のマッピ岬から、海に飛び込んで亡《な》くなりました。死ぬ必要がないのにです」

「民間人は、アメリカ兵に捕まったら、男は殺され、女は暴行されると信じていて、その恐れから、自殺しているんで、われわれの責任とはいえないだろ？」

「それなら、民間人を説得して、自殺を思いとどまらせてください」

「それは、無理だよ」

と、香川大尉がいった。

「私は、アメリカ軍の残虐行為を、この目で見ているんだ。奴らは、捕虜にした日本兵を、穴に突き落として、その上から、火焔《かえん》放射器で、焼き殺していたんだ。これでは、民間人だって、降伏する気にはならんよ」

「それは、嘘だ」

「私の目が、信用できないというのか？」

香川大尉が、友田を睨《にら》んだ。その時、同じ第四十三師団の木村《きむら》中尉が、

「私も同じ光景を見たことがあるが、感じ方は、反対だ。アメリカ軍が、埋めて

いたのは、日本兵の死体ですよ。衛生に神経質なアメリカ兵は、死体を放置しておくと、マラリアが発生するのを恐れて、穴に入れ、火焔放射器で、焼いたんだ。だから、アメリカ兵が死んだ時でも、同じように、死体を穴に入れ、焼却しているよ」

「君は、民間人をどうしたいんだ？」

「とにかく、説得して死なずに生きるようにしてください。みんな、戦争が終わって平和になれば、必要な人たちですから」

と、友田は、強調した。

この時、洞窟内には、斎藤司令官と副官、急遽呼び集められた各部隊の部隊長、そして、民間人の代表もいた。

全員が、今後のことについて、議論を始めた。

多分、今までだったら、司令官の一言、最後の突撃か、玉砕で、反論もなく、決まっていたに違いない。それが、友田の投じた一言で、勝手に議論が始まってしまったのだ。それほど、強烈だったのだ。何といっても、玉砕を覚悟していたところに、生きる目標を与えたからだ。

（みんな生きたいんだ）

と、小田切は感じたという。

だから、何とかして生きる理由を見つけようともがいているともいえた。

だが、反撃も、強力だった。

その代表は、香川大尉だった。彼の主張は単純だが、大本営の代弁者だという

ことを、ちらつかせて、相手を威圧《いあつ》しようとするのだ。彼は、いう。

「今、われわれに必要なのは、崩れることのない必勝の信念である。敗けたと思った時が敗北なのだ。『戦陣訓』にある『生きて虜囚の辱めを受けず　死して罪禍の汚名を残すこと勿れ』の言葉だけを各自が胸に叩《たた》き込んで戦えば、奇跡を起こすことが出来る。ここにきて、戦いを止《や》める、敵に降伏するがごとき売国的言辞《げんじ》を口にするのは、皇国の将兵として、風上にも置けぬ。よって潔《いさぎよ》く、この場で、自決すべきである」

それに対して、友田は、『戦陣訓』を、真っ向から、批判した。

「『戦陣訓』に先んじて、明治天皇から賜った『軍人勅諭《ちょくゆ》』が存在します。明らかに、東條陸相は、『軍人勅諭』があるのに、臣下の自分が『戦陣訓』を作らせ

たことを、非難されることを恐れているのです。そのため、終始、弁明に追われていて、見苦しい限りです。軍人精神の根本は、『軍人勅諭』であると、書いています。『戦陣訓』の冒頭にも、この言葉が出てきますが、最後の部分でも、『以上述べたことは、結局、軍人勅諭から発し、軍人勅諭に帰することである。兵士は軍人勅諭の実践《じっせん》が完璧《かんぺき》になることを目指すべきである』という意味の言葉が出てきます。これは、いったい何なんですかね。『戦陣訓』の中で軍人勅諭があるから『戦陣訓』は、必要ないといっているのです。ですから、ここで、『戦陣訓』を無視してもいいのですが、なぜか、『戦陣訓』の中の言葉が、一人歩きして、その上、人々の心をがらめとっています。現に、香川大尉も、その言葉を口にして、その言葉どおりに生きろと主張しているので、私も、『戦陣訓』のその部分に触れることにします。一般的に、『生きて虜囚の——』といわれていますが、実際には、もう少し長いのです」

〈恥を知る者は強し。つねに郷党《きょうとう》家門《かもん》の面目《めんぼく》を想《おも》い、いよいよ奮励《ふんれい》して、その期待に応うべし。生きて虜囚の辱めを受けず、死して罪禍の汚名を残すこと勿

れ〉

「これがこの部分の全文です。私は、二つの理由で、この条項も、『戦陣訓』も否定したい。第一は、この条項が、絶対のように書いていることです。生きて虜囚の辱めを受けず、死して罪禍の汚名を残すこと勿れという、生き方というか死に方しかないように書いてある。いや、それしか許さないように書いてありますが、他にも、道があることは、私が、『陸軍刑法』の話をしたので、皆さんも、分かったはずです。どちらを選ぶかは、自由だが、戦争はいつか終わるものです。多分、あと、二、三年で終わり、平和になる。だから、生きる方を選んでくださることを願います。

もう一つは、『戦陣訓』のあくどさです。別のいい方をすれば、うまく、日本人の心というか、弱味をつかんで、条項を作っています。日本人は、個人として生きるのが下手《へた》です。だから、一つのムラの一員として生きていくと、安心する。その代わり、そのムラに忠誠を尽くす。ムラの恥になるようなことはしないし、ムラの名誉を傷つければ、ムラ八分《はちぶ》になってしまう。だから、『戦陣訓』では

『恥を知る者は強し。つねに郷党家門の面目を想い、いよいよ奮励して、その期待に応うべし――』と、書くのです。私は、病院で死んだある兵士のことを思い出します。彼は、ある戦闘で重傷を負い、味方は、五百メートルも、後退してしまった。唯一《ゆいいつ》助かる方法は、近づいてくるアメリカ軍に降伏し、すぐ病院で手術をして貰《もら》うことでした。彼はこういいました。私ひとりなら、すぐ、降伏していた。死にたくはありませんからね。しかし、自分の育ったムラや家族のことを考えると出来ませんでした。私が、捕虜になったら、村の人たちは、郷土の恥だと考える。家族も、家の恥だとして、郷里を逃げ出さなければならなくなるかもしれない。そんなことを考えると、アメリカ軍に降伏することが出来なかった。結局この兵士は味方に助けられたのだが、手おくれで、病院で亡くなりました。『戦陣訓』は、有害無益な非人間的な代物《しろもの》ですから、軍人が、従う必要はありません。民間人は、なおさらです。民間人まで、『戦陣訓』でからめとろうとするなど、言語道断《ごんごどうだん》です」

ここまで、小田切が話した時、彼の携帯が鳴って、長い話は途切れてしまった。

小田切が、どこの誰と話したかは、わからないが、電話が済むと、二人に向かって、

「つい、気持ちが高ぶって、長い話をしてしまった。疲れたので、この辺で休みたい」

「わかりました。では、一つだけ、質問させてください」

と、十津川はいった。

「何をききたい？」

「話の結果が知りたいんです。あのあと、どうなったんですか？」

「私も友田も、司令官が勇気を持って、降伏の道を選んでくれることを祈った。そうすれば、あの時点で生きていた兵士も民間人も助かったと思うからだ。弾丸はすでに撃ち尽くしていたし、兵士は疲れ切り、負傷していた。戦える状況ではなかったからだよ。しかし、あの日の夜、斎藤司令官は、自決してしまった。降伏の命令を出さずにだ」

「詳《くわ》しいことは、また折りをみて、話していただけますね。約束してください」

「いいよ。私も、まだ、君たちに話したいことが残っているからね」

と、小田切は、いった。

小田切の顔は、興奮しているようにも見え、疲れ切っているようにも見える。

十津川に一つだけわかるのは、小田切との間にある差だった。サイパンの戦場は、十津川には、単なる数字でしかない。何人の兵士や民間人が死亡し、何月何日に終わったという数字である。

小田切にとっては、それは、飛び散る血であり、人の死であるに違いない。

(しかし——)

と、ふと、十津川は、考えてしまう。

小田切の中でも、それは、単なる数字に、風化していくのではないのか。そのことに、小田切は、苛立っているのか、それとも、ほっとしているのか。

2

翌日、朝食の用意ができたといわれて、食堂に、十津川と直子が出て行くと、小田切の姿はなかった。

十津川が、

「小田切先生はどうしたんだ？　もう出かけられたのか？」

と、きくと、井崎は、

「朝早く出かけられた」

と、いう。

「何処《どこ》へ？」

「野尻湖の周辺を見て歩きたい。そういわれて、朝早く、ひとりで出て行かれたんだ」

井崎が、いうと、横から彼の妻が、

「朝食をまだ済まされる前だったので、お弁当を作って、持っていっていただいたんですよ」

「でも、小田切先生って、たしか、もう今年で九十五歳になられるんでしょう？　一人で出かけて大丈夫なのかしら？　誰かが、一緒についていったほうがよかったんじゃありません？」

直子が、心配そうにいうと、井崎が、笑いながら、

「ええ、たしかに九十五歳になりますが、小田切先生は、その辺の九十五歳とは違って体が丈夫で、とても、お元気ですよ。それに、用心のためといって、ステッキを、持っていかれましたから大丈夫だと思いますね。心配することはないと思いますよ」

しかし、「夕方には戻る」といっていた小田切は、その時刻になっても帰ってこなかった。その代わりのように、一人の中年の男が、夜の七時過ぎに、井崎の民宿を、訪ねてきた。

その男は、本橋久幸《もとはしひさゆき》と名乗り、私立探偵の名刺を、井崎に、差し出した。

「私は、ある人に頼まれて、小田切正雄という人を、捜しています。年齢は、今年で、九十五歳ということですが、そんな歳《とし》には見えないほど元気がいいのです。それでも、歳が歳なので、家族の方が心配しています。一緒に連れて帰ろうと思うのですが、小田切正雄という人を、ご存じありませんか？　もし、ご存じでしたら、今、どこにいるのか教えていただけないですかね？」

井崎は、その本橋の質問には、直接答えず、

「どうして、家族の方が捜しているんですか？」

と、きいた。

「今申し上げたように、いくら、元気だとはいっても、九十五歳と高齢ですから、もしものことがあると大変だと、息子さん夫婦が、心配しておられるんですよ。それで、私に、父を捜して、連れ戻してくれと、いわれたのです」

「私は、小田切先生の、大学時代の教え子ですから、先生のことは、もちろんよく、知っていますよ。たしか、小田切先生には、お子さんがいらっしゃらなかったはずですがね」

と、井崎が、いった。

十津川も、小田切に、息子がいるという話は、これまで一度も、聞いたことがなかったので、本橋が、どう答えるかと、思ったのだが、本橋は、そのことには触れずに、

「では、小田切正雄さんのことは、知っていらっしゃるのですね？」

「ええ、知っていますよ。今も申し上げたように、私は大学時代、小田切先生の教えを、受けたことがありましたから。しかし、小田切先生に息子さんが、いらっしゃるというのは、初耳なので、今のお話が、本当かどうか、確認したいので

す。できれば、その息子さんの電話番号を、教えていただけませんか？　私のほうから、小田切先生が、ここに来たかどうかをお伝えしますから」

井崎が、意地悪くいった。

「息子さんは、小田切さんに、最近、認知症の症状が、見られるようになって、いわゆる、放浪癖《ほうろうへき》が出てきたので、そのことを、世間には知られたくない。そういっておられて、今回の調査も、くれぐれも、内密にとおっしゃっているので、申しわけありませんが、電話番号をお教えするわけにはいきません」

「そうなると、小田切先生本人に、きくまでは、詳しい話を、するわけにはいきません。あなたの言葉は、信用できませんから」

井崎が、拒否すると、本橋は、

「それでは、もう一度、確認しますが、小田切正雄さんが、ここに来たことは、間違いないのですね？」

「それもノーコメントです」

「そうですか。分かりました」

と、いってから、一瞬考えていたが、

「それでは、失礼します」

急に、本橋という私立探偵は、井崎と十津川に、頭を下げ、帰ってしまった。

十津川と井崎は、私立探偵が残していった名刺を、テーブルの上に置いて、眺《なが》めた。

名刺には、探偵事務所が、東京・池袋《いけぶくろ》の雑居ビルの中にあることが、書かれてあった。

十津川が、念のために、その事務所に、電話をかけてみた。

呼び出し音がすると、すぐに、電話がつながり、

「こちらは、本橋私立探偵事務所でございますが」

と、若い女の声が、いった。

「本橋さんに仕事を、お願いしたいと思って電話をかけたのですが、本橋さんは、いらっしゃいますか？」

「いいえ、本橋でしたら、あいにく、仕事で朝から出かけていて、今、こちらにはおりません」

「そうですか、それでは、また後ほど、電話をします」

十津川は、電話を切った。

「いったい、どうなっているのかね？　俺には、さっぱり分からないが」

と、井崎が、首を傾《かし》げながら、

「いつだったか、自分には、子供がいないと、小田切先生本人から、直接聞いたことがあった。それなのに、今の私立探偵は、小田切先生の息子さんに、頼まれて、先生を捜していると、いっていた。その辺が、どうにも信用できないな」

「しかし、今の本橋という、私立探偵の話は、全くのデタラメというわけでも、ないと思うよ」

「そうかな？」

「全くのデタラメなら、わざわざここまで、小田切先生を、捜しに来るはずはないんじゃないかな。そんなふうに思うがね」

「わざわざ、ここまで来て、俺にきいたところを見ると、あの私立探偵は、小田切先生が、ここに来たことを知っているんじゃないのかな？」

「おそらく、知っていただろうと、思うね。それに、例の石碑のことも、今の本橋という私立探偵は、知っているような、気がするね」

「しかし、どうして、小田切先生を捜しているのかな？　ウチの大学を辞《や》めて、ずいぶん経《た》っているというのにだ」

「どうして、小田切先生を捜しているのかは、私にも分からないよ。それにしても、今日、先生は、どこに、行ったんだろう？　この時間だ。そろそろ戻ってきても、いいと思うんだがね。心配になってきたから、連絡したいんだが、小田切先生の携帯の、番号を知っているのか？」

「いや、知らない。聞いたことはない。携帯を持っていることは知っているが、番号は知らないんだ」

「小田切先生は、今、いったい、何を、やっているんだろう？」

十津川が、きくと、井崎は、

「小田切先生は、ウチの大学を辞めてからも、一応、名誉教授という肩書には、なっているが、特別講義もそれほどないし、時間はあるから、自分の書きたい本を、書いているんじゃないのかね」

「自分の書きたい本って？」

「ほら、『歴史に生きる』という本さ。戦争の体験や『戦陣訓』の話じゃないかと思っているんだがね。俺は、その原稿に、例の石碑のことが書いてあると思うんだ」

「そうなると、そのことに絡《から》んで、あの本橋という私立探偵はここに来たんだろうか？」

「たしかに、そう、考えることもできそうだな」

「小田切先生が、今書いている原稿について、書かれては、困る人間か、あるいは、文句をつけたい人間がいて、あの本橋という私立探偵を雇《やと》って、先生の行動を探らせているのかもしれないな」

「そうじゃないかと思うだけで、あくまでも、こっちの勝手な想像だから、違っているかもしれない」

3

午後九時を過ぎても、小田切は、帰ってこなかった。

十津川の心配は、ますます、大きくなってきた。小田切は、何といっても、九十五歳の高齢である。一見、元気そうに、見えるのだが、ひょっとすると、体のどこかが、弱っていることも考えられる。

井崎も十津川同様、心配になってきたらしく、

「問い合わせてみよう」

と、いって、電話帳を持ち出してきた。その電話帳には、野尻湖周辺の消防署や、病院の電話番号が、載《の》っている。

しかし、野尻湖周辺の病院に電話をかけまくっても、小田切と思われる老人が救急車で運ばれたなどという話は、聞くことができなかった。

「こうなると、小田切先生は、急に気が変わられて、自宅に、帰ってしまわれたのかな？　それとも、この周辺のホテルに、泊まったのか」

井崎が、いう。

「それじゃあ、この周辺のホテルに、当たってみよう」

と、今度は、井崎に代わって、十津川が、周辺の旅館やホテルに、片《かた》っ端《ぱし》から、電話をかけていった。

しかし、どのホテルにも、旅館にも、小田切と思われる老人が、泊まっている

気配はなかった。

これ以上、どこを、捜していいのかが、分からなかった。

仕方がなく、十津川も井崎も、明日捜すことにして、寝床に、入ってしまった。

翌日になっても、事態は、変わらなかった。

小田切は、依然《いぜん》として、帰ってこないし、電話も、かかってこないのである。

そこで、十津川は、井崎夫婦には、自宅にいて、小田切からの、連絡を待ってもらうことにして、自分は、妻の直子と野尻湖周辺を捜してみることにした。小田切が、野尻湖周辺を散歩したいといって、出かけていたからである。

十津川はまず、絵のうまい直子に、小田切の似顔絵を、描いてもらった。それを何枚もコピーして、野尻湖周辺の、貸ボート店やホテル、民宿、ペンション、あるいは、レストラン、ドライブインなどを、廻《まわ》ってみることにしたのである。

歳よりは、若く見える小田切ではあるが、今年で、九十五歳になる老人である。彼に会った人間なら、小田切のことを覚えてくれているに違いないと十津川は期待したのだ。

小田切を見たという人間は、なかなか、現われなかったが、国際村の近くにあ

る、貸ボート店で、小田切の似顔絵を見せると、そこで働いている若い男が、

「この似顔絵のおじいさんだけど、白のポロシャツを着て、カバンを持っていませんでしたかね？　黒っぽいカバンだけど」

と、きく。

「たしかに、白いポロシャツを着て、黒っぽいカバンを持って、出かけたはずだけど、この人を見たんですか？」

「顔は、はっきりとは見てないけど、それらしい人の、後ろ姿を見かけたんですよ。身長は、百七十センチくらいで老人としては、背が、高いほうでしたよ。今もいったように、白いポロシャツを着て、黒っぽいカバンを手に持っていたことを、覚えています」

「どこで見たんですか？」

「この先に、国際村の、入口があるでしょう？　そこから中に入っていくのを、見たんですよ」

「もう一度確認しますが、あなたが見たポロシャツ姿の老人は、国際村に、入っていったんですか？　それとも、入口に、ゲートがありますよね？　そこにいる

警備の人間と、立ち話をしていただけですか？」

と、改めて、十津川が、きいた。

「国際村の中に入っていきましたよ。ちゃんと見ていたから、間違いありません」

貸ボート店の若者が、いった。

十津川は、若者に礼をいい、直子をうながして、国際村の、東口のゲートに向かって歩いていった。

二人は、ゲートにいたガードマンに、小田切の似顔絵を見せた。

「この似顔絵の人を、見たことはありませんか？」

十津川が、きくと、ガードマンは、似顔絵を見て、

「ああ、ヘンドリーさんですね」

「ヘンドリー？　この人は、そういう、名前なんですか？」

「そうです。ジョン・ヘンドリーさんですよ。この国際村の会員ですがヘンドリーさんが、どうかしたんですか？」

ガードマンが、逆に、十津川に、きいてくる。

「この人を捜しているんですが、昨日、この人は、別荘を、利用しに来たんですか？」

「ええ、そうです」

「その別荘に案内してもらえませんか？　どうしても、この人と会って、話をしたいものですから」

十津川が、頼むと、ガードマンは、困ったという顔で黙り込んでしまった。

十津川は、相手が、迷っているようなので仕方なく、警察手帳を、見せることにした。それでやっと、日本人の、ガードマンは、十津川夫婦を、その別荘の建物のところまで、案内してくれた。

国際村の、ちょうど中程にある、別荘である。表札の代わりなのか、門柱のところにはカタカナで、

「ジョン・ヘンドリー」

と、自分で書いたと思われる紙が、貼りつけてあった。

ガードマンは、十津川夫婦を、待たせておいて、別荘の中に入っていったが、すぐに戻ってくると、

「ヘンドリーさん、いらっしゃいませんね。呼び鈴《りん》を、何度押しても、出ていらっしゃいません」

「どこかへ、出かけているんですか？」

「今見たら、家のカギが、郵便受けに入っていました。こちらの門からは、出ていらっしゃらなかったので、西口から外出したのではないかと、思います。今、確認してみます」

ガードマンは、本部に、携帯をかけていたが、

「やっぱり、急用ができたといって、西口のゲートから、出て行かれたそうです。今から一時間ほど前だったと、西口のガードマンが、いっています」

「あの建物の中を、見せてもらえませんか？」

十津川が、頼むと、ガードマンは、明らかに戸惑《とまど》った表情になり、

「どうして、建物の中を、ご覧になりたいんですか？」

「この人のことが、心配なんですよ。九十五歳になるという年齢のこともありますが、何か問題を、抱《かか》えているような気がしましてね。実は、私の、大学時代の恩師で、当時、法律について、教えていただいたことがあるんです。そういう人

なので、余計に心配しているんです」

「ヘンドリーさんは、昔、大学の先生だったんですか。そのことは、知りませんでした。それにしても、弱りました。こういうことは、初めてなので、判断ができませんから、ちょっと確認してみます」

ガードマンは、本部に、また、電話をかけたが、

「これは特例です。あなたが、ヘンドリーさんの教え子で、しかも、警察の方でもあるので、特に、あの部屋の中を見ることを、許可すると、本部でいっています」

と、いい、カギを使って、別荘のドアを、開けてくれた。

十津川は直子と二人で、二階建ての、別荘の中に入っていった。

十津川は、直子と一緒に、別荘の中を、調べてみたが、これといったものは、見つからなかった。

十津川は、入口のところで自分たちを見ているガードマンに向かって、

「さっき、この人は、この、国際村の会員だといいましたね？　古くからの、会員なんでしょうか？」

「私が、ここのガードマンを、やるようになったのは、今から、八年ほど前ですが、それより前からの会員さんだと、聞きました。たいそう、古くからの会員さんだと、思いますね」

「ヘンドリーさんの国籍は、どちらなんですか？」

直子が、きいた。

「アメリカだと、聞いています」

「この国際村の本部に行けば、会員名簿がありますね？」

「ええ、もちろん、ありますよ」

「その会員名簿を、見ることはできませんかね？」

十津川が、きくと、ガードマンは、あっさり首を横に振った。

「いや、それは無理ですよ。何しろ、ここの国際村は、会員のプライバシーについて、やたらに、やかましいところなんですよ。いくら、あなたが、日本の警察の人でも、会員名簿は見せてくれないと思いますよ。もちろん、ヘンドリーさんが、何か、事件に関係してあなたが捜索令状をお持ちでしたら、お見せすると思いますがね」

と、ガードマンが、いった。

直子が、話を変えて、

「あなたは、この人、ジョン・ヘンドリーさんのことが、好きですか？」

ガードマンは、ニッコリして、

「もちろん、好きですよ。優しい人ですから。私だけでは、なくて、国際村の人は皆、ヘンドリーさんのことが、好きなのではありませんかね」

「今申し上げたように、私たちは、この人のことを、心配しているんです。何かあったのではないかと、思っているんです。もし、私たちが、会員名簿を見ることができないのであれば、あなたが、本部に行って、私たちの代わりに、会員名簿を、見てきてくれませんか？　もちろん、全部でなくてもいいんです。ジョン・ヘンドリーという人のところだけで、いいんですよ。いつから、この国際村の、会員になって、これまでに、何回ぐらい、利用しているのか、それだけ、分かれば結構なんですが、何とか、調べてもらえませんか？」

と、十津川が、いった。

ガードマンは、しばらく、じっと、考え込んでいた。

「ヘンドリーさんは、本当に、危険なんですか？」

「もし今、ヘンドリーさんが、危ない状況にあるとしたら、私たちは、何としてでも、彼を助けたいと思っているんです」

「分かりました。ちょっと待っていてください」

ガードマンは、いい、二人を、別荘の前に待たせておいて、本部のほうに、走っていった。

十分ほどして、ガードマンは、戻ってくると、十津川たちに、

「国際村として、お答えできることだけしか、お答えできませんよ。それでいいんですね？」

と、念を押した。

「もちろん、それで構いません」

「ジョン・ヘンドリーさんが、国際村の会員になったのは、昭和三十五年（一九六〇年）の六月二十日だそうです。これ以外のことには、お答えできません」

「一九六〇年の六月二十日、それで、間違いありませんね？」

「ええ、間違いありませんが、これ以上は、私には、調べようがありません。で

すから、どうかもう、私には、なにも頼まないでくれませんか？」

ガードマンが、いった。

「これだけ分かれば十分です。おかげで助かりました。本当にありがとうございました」

と、十津川は、礼をいったあと直子に、小声で、

「問題の石碑が建ったのは、一九六〇年の七月九日だ」

「それは、私も、覚えているけど、その二十日近く前に、小田切先生は、国際村の会員に、なっているというわけね」

「そうだ」

「そのことが、いったい、どんなことを、意味しているのかしら？」

「これまでに、分かったことをストレートに考えれば、小田切先生は、ジョン・ヘンドリーという名前で、一九六〇年の、六月二十日に、この、国際村の会員になった。その二十日近く後に、この野尻湖に、島崎修一郎という男の、死体が浮かんでいた。さらにその三日後、誰かが、その男の墓石のような石碑を、野尻湖の湖岸に建てたんだ」

「ということは、つまり、五十年前に、この野尻湖に、死体が、浮かんでいた殺人事件に、あなたの、大学時代の恩師である小田切先生が、何かしら関係しているということなの？」

「いや、その点は、まだ、分からない。第一、小田切先生が、どうして、ジョン・ヘンドリーという名前で、国際村の会員に、なっているのかも分からないんだ」

と、十津川が、いった。

第三章　一人の刑事のメモ

1

十津川が知っている小田切先生は、間違いなく、小田切という日本人で、大学の教員として、学生を教えていたのである。

その小田切が、実は、外国の国籍の持ち主だということなど、一度も考えたことがなかったし、まして、別の名前、それも、ジョン・ヘンドリーという外国人の名前を、持っていることも、十津川も井崎も、全《まった》く知らなかった。

しかし、これは、どうやら紛《まぎ》れもない事実のようであり、小田切先生は、ジョン・ヘンドリーという別の名前を持っていて、野尻湖畔の国際村に来た時は、その名前で、泊まっているらしい。それでも簡単には信じられなかった。

この国際村は会員制で、会員になるには、かなり厳《きび》しい審査があって、普通の人間では、なかなかなれないと、聞いていた。偽名では、おそらく、審査には、通らないだろう。

そう考えると、ジョン・ヘンドリーというのは、小田切先生の、本名だと思えてくる。

「あなたの恩師は、もしかしたら、二重国籍の持ち主なんじゃない。そう考えるのが、いちばん理解しやすいわ」

妻の直子が、十津川にいう。

「多分、そうだろうね。あの小田切先生が偽名を使ったり、ニセのパスポートを使ったりするはずはないから、君のいうように、先生は、二重国籍を持っていたんだ」

「問題は、小田切先生が、どうして、二重国籍を、持っているのかということになるわ」

「私も、ぜひ、そのわけを知りたいね」

「たしか、あなたの話だと、小田切先生も、昔、アメリカに住んでいたことがあるんでしょう？」

「私の知っている小田切先生は、たしか、子供の時に、父親の仕事の関係で、何年間か、アメリカで、暮らしていたことがあるはずだ」

「その時に、アメリカ国籍を、取ったのかしら？」

「しかし、戦争中は、日本の陸軍に入りサイパン島の守備隊にいた。これは、先日、小田切先生自身から、聞いたことだから、はっきりしている。サイパンでは、全員玉砕という瀬戸際《せとぎわ》に、立たされた時、小田切先生の同僚に、友田という将校がいて、その友田中尉が必死で、サイパン守備隊の司令官を、説得したと聞いた。できることを全《すべ》てやって、もう戦う術《すべ》が、ない。いわゆる刀折れ矢尽きて、降伏するしか方法はないと説得したんだそうだ。その頃の日本軍の将校も兵士も、東條陸相の示達《じたつ》した例の『戦陣訓』に影響されて、敵に対して、降伏することなど全く考えずに、自決することばかりを、考えていた。ところが、友田中尉は『戦陣訓』にこだわる必要は、全くない。明治に作られた『陸軍刑法』という立派な法律があって、降伏して敵の捕虜になることを禁じてはいない。だから、ここで、潔《いさぎよ》く降伏を、決意してほしい。そうすれば、多くの人命が、助かると、友田中尉が、サイパン守備隊の司令官を説得したという、そこまでの話は、すでに、聞いているんだ」

「そうだったの。でも、その結果はどうなったの？」

「どうなったんだろう。小田切先生は、その話をしていて、たぶん、胸がいっぱいになってしまったんだろうね。だから、最後まで、話が続かなくなってしまったんだ。ただ、日本の『陸軍刑法』が、敵に降伏して捕虜になることを禁じてなかったことは、知らなかった。しかし、その日の夜、司令官は、降伏の命令を出さずに、自決してしまったそうだ。びっくりしている」

「小田切先生が話していた友田という、同僚の将校のことだけど、ひょっとすると、その友田中尉は、実在しないんじゃないかしら？　降伏すべしと司令官を説得したのは、小田切先生自身で、友田という人物は、実在しないんじゃないかしら？　私は、そんな気がするんだけど」

と、直子が、いう。

「そうだな。私もそんな気がしてきたよ。小田切先生は、照れくさいので、友人のことにして、私たちに、話したのかもしれない。とにかく何としてでも、小田切先生を、捜し出したい。このまま、小田切先生がいなくなってしまうのではないかと、そんな気がして仕方がないんだ」

「どうしたら、小田切先生を、見つけられると思う？」

と、直子が、きく。

「それにしても、小田切先生について、あまりにも、知らないことが多すぎるんだよ。先生が、外国人の名前を持っていたことも、私は全く知らなかったからね。今いちばん知りたいのは、どうして、小田切先生が、ジョン・ヘンドリーという名前を、持っていたのかということだ。ただそれをどうやって、調べたらいいのか、見当もつかないんだ」

十津川が、溜息《ためいき》をついた時、彼の携帯が、鳴った。

友人の井崎からだった。

「今、長野県警の警部さんが、ここに来ている。君と、話をしたいそうだ。すぐに、帰ってきてくれ」

2

十津川は、急いで戻って、長野県警の笹野《ささの》という警部に会った。三十代半《なか》ばの、若い警部である。

「これは、内密の話なので、二人だけで、お話ししたい」

と、いうので、十津川は、笹野の乗ってきた車で、湖岸まで戻った。

車を降りると、湖岸の遊歩道をゆっくり歩きながら、笹野がいう。

「一九六〇年の七月六日に、この、野尻湖の真ん中あたりに、中年の男の死体が、浮かんでいるという事件が、起きました」

「その話なら、聞いています」

「さらに三日後になって、突然、湖岸に奇妙な石碑が、建ちました。長野県警では、この二つは、繋《つな》がっていると考えています」

「つまり、殺人を犯した犯人が、奇妙な石碑を湖岸に、建てたと、考えているわけですね？」

「そうです」

「しかしですね」

と、十津川が、いった。

「その事件が、発生してから、すでに五十年以上も経《た》っているんじゃありませんか？　当然、一九六〇年の、七月六日に、起きた殺人事件は、とっくに、時効になっているはずですが」

「たしかに、十津川さんの、おっしゃる通りです。事件そのものは、すでに、時効になっていますし、私自身五十年前のその事件の時には、生まれておりません。しかし、長野県警は、今でも、この事件を、代々語り継いでいるのです。何とかして、真相に、たどり着きたいという願いがあるからですよ。私も、先輩たちと、同じように、できれば、何とかして、この事件の真相を知りたいと思っているんです」

「長野県警が、五十年前の、殺人事件に今もなお、こだわっているのは、どうしてですか？　何か、特別の理由があるんですか？」

十津川が、きいた。

「意地、でしょうか」

「お気持ちは、分かりますが――」

十津川が、いうと、笹野は、ちょっと考えてから、

「実は」

と、いって、話し始めた。

一九六〇年の七月六日に起きた殺人事件、その時の、長野県警の捜査一課長は、野中恭介《のなかきょうすけ》という名前だった。

最初は、すぐに、解決する、簡単な事件のように思えた。犯人は、被害者を殺し、死体をボートで湖の真ん中まで運んで、捨てた。そのボートの目撃者が、すぐ出てくるだろうと考えたからである。

しかし、捜査が、進んでも、いっこうに目撃者は現われず、犯人が死体を運んだと思われるボートも、見つからなかった。

そこで、野中捜査一課長が、目をつけたのは、国際村だった。

その頃の国際村は、今と違って、日本人の会員は、一人もいなかった。したがって、国際村に、注目するということは、外国人に疑いの目を向けることになっ

た。しかし、五十年前だから中には、ためらう刑事もいたし、上司の刑事部長は、野中一課長に国際村の捜査は中止せよと命じた。

しかし、野中一課長は、そうした声を、無視して、国際村を調べはじめた。その捜査は当然妨害されたが、野中一課長は、手を緩《ゆる》めなかった。

時間が経てば経つほどさまざまな圧力がかかってくる。そうした圧力と戦っているうちに、野中一課長は、難航する捜査の疲労とストレスから、脳血栓《のうけっせん》を発症して倒れ、一週間後に、亡くなってしまった。

「野中一課長が亡くなると、この殺人事件の捜査に携《たずさ》わっていた刑事たちの誰もが逆に、何としてでも、真犯人を、見つけ出して逮捕し、野中一課長の仇《かたき》を、討《う》ってやると、誓ったんです」

と、笹野警部が、いった。

「なるほど。五十年前に、そんなことがあったんですか」

「その後、事件は、迷宮入りとなり、また時効になって、犯人を逮捕することはできませんでしたが、今でも、毎年、野中一課長の、命日が来ると、捜査一課の全員が、墓参りをして、一九六〇年の七月六日に起きた、殺人事件を解決して、犯人を挙《あ》げようと誓うんですよ。特に今年は、問題の石碑が、何者かによって、爆破されました。それで、今年こそ、事件を解決して、野中一課長の墓前に、報告できるのではないか？　そう、考えているんです。そう考えていたところ、東京から、警視庁の十津川警部が来られて、この事件を調べておられる。そう聞いたので、ぜひ、お話をしたいと思って、伺《うかが》ったんです」

3

十津川は慌《あわ》てて、笹野に、いった。

「私は別に、五十年前にここで起きた殺人事件を調べるために、東京から来たわけではありません。たまたま、数日の休暇が取れたので、妻と二人で、大学時代の友人がやっている民宿に、泊まって、野尻湖を観光するために、やって来たんです。プライベートな旅行なんですよ。ただ、大学時代、私と友人に、法律を教えてくれた小田切という先生がやって来て、昔の話を、されました。先生は、太平洋戦争の時、若手の将校として、サイパンで戦った経験を持っています。その話に、興味を覚えて、話を聞いていただけです」

「しかし、私が耳にしたところでは、十津川さんは、何度も、湖畔を歩かれたり、国際村に興味を、持たれたのか、村の中を見て廻《まわ》られたそうじゃありませんか？」

「それは、そうですが」

「やはり、十津川さんが、五十年前の事件に、興味を、感じていらっしゃるからじゃないんですか？」

笹野は、食い下がってくる。

十津川が黙っていると、

「十津川さんのいわれる小田切という先生の写真は、お持ちですか？」

と、笹野がきく。

「似顔絵なら、持っています」

十津川は、ポケットから、小田切の似顔絵を取り出して、相手に渡した。

笹野の目が、光った。

「ああ、やっぱりだ。私の思った通りです」

「何がです？」

「五十年前、殺人事件の捜査をした野中捜査一課長ですが、捜査を進めていくうちに、湖畔の国際村に、目をつけたんですよ。その時、野中一課長はひそかに、何人かの会員を、調べました。事件が起きた時に、国際村にいた外国人です。その中に、ジョン・ヘンドリーという男がいましてね。外見は、どこから見ても日本人そのものなんですが、アメリカ国籍を持ち、ジョン・ヘンドリーという名前を名乗っていました。この似顔絵の、十津川さんが恩師という小田切先生とジョン・ヘンドリーとは同一人物です。間違いありません」

笹野が語気を強めていう。

（やはり）

と、十津川は、思いながらも、この時は、自分の考えを何もいわなかった。

そんな十津川に対して、笹野は、

「さきほど申しあげた通り、長野県警では、すでに、時効になった五十年前の事件に、今でも関心を、持っています。しかし、時効になった殺人事件を、大っぴらに、捜査するわけにはいきませんから、毎年一人か二人で担当することになっています。今年は、私が、一人でこの事件を担当して、捜査をしているのですが、できれば、十津川さんにも、協力をお願いしたいのです。今、小田切という先生の似顔絵を見て、なおさら十津川さんの協力が必要と感じました。十津川さんは、たまたま、休暇が取れたので、ご夫婦で、こちらに、いらっしゃったと、おっしゃいましたが、何とか、休暇を、延ばして、いただけませんか？　私と一緒に、五十年前の事件を、調べていただきたいのです」

4

十津川は、即答できなかった。何しろ、今回は、休暇を取って、野尻湖に、遊びに来ている。プライベートな旅行だから、妻の直子も、一緒なのだ。

それに、笹野警部がいうように、この事件は、こちらで、起きた事件だから、当然、警視庁とは、何の関係もない。

それに、予定していた休暇は、もうすぐ終わってしまう。このまま、しばらく野尻湖に留《とど》まって、笹野警部に、捜査の協力をするとなれば、もちろん、上司の許可が、必要である。ただ、気持ちのどこかで、小田切のことを、もっと知りたいという思いがあった。

「明日、お返事をします」

十津川は、いった。

笹野は、別れる時、亡くなった、野中捜査一課長が使っていたという、ノートを、十津川に、渡した。

「このノートには、野中一課長が、調べたことや、事件に関する感想が書かれています。どうか、目を通しておいてください」

5

十津川は、民宿に戻ると、妻の直子と井崎に、長野県警捜査一課の、笹野警部の話を、聞かせた。

当初は、休暇中だからといって、十津川の行動を牽制《けんせい》していた直子も、

「先方が、ぜひ、協力して欲しいっていっているんだから、手伝ってあげたら？」

十津川に、長野県警に、協力することを勧《すす》めた。

友人の井崎は、心配した。

「俺だって、この、奇妙な事件を、解決して貰《もら》いたいと思っている。しかし、君は、今日で休暇は終わるんだろう？　上司の許可を、得るのは、大変なんじゃないか」

たしかに、上司の三上《みかみ》刑事部長に許可を貰うのは、かなり難《むずか》しい。他の県警のことに、手を出すなというのが、三上の口癖《くちぐせ》だからである。

十津川は、三上刑事部長には、明朝電話をすることにして、今夜は、笹野警部から渡されたノートに、目を通すことにした。

6

メモの大半を占《し》めているのは、ジョン・ヘンドリーのことだった。それだけ、野中一課長は、ジョン・ヘンドリーという人間に関心を持っていたということだろう。

メモに目を通す。

今回の殺人事件が、発生した時、国際村にいた会員は、全部で、五人である。その中で、最もわれわれの関心を引くのは、ジョン・ヘンドリーという男である。アメリカの国籍を持ち、アメリカ人のような名前を名乗っているが、本人に、会ってみると、その顔は、外国人ではない。どう見ても、日本人そのものである。

野尻湖の湖面に浮かんでいた、被害者は、日本人である。それを考えれば、アリバイのない五人の中で、最も被害者に近いと、思われるのは、ジョン・ヘンドリーだと考えざるを得ない。

ジョン・ヘンドリーに面会を、求めると、素直に応じてくれたが、こちらが知りたいと思うことは、ほとんど、何も喋《しゃべ》ってくれなかった。やはり、警戒しているのだろう。

われわれが、最も、知りたいのは、彼がアメリカの国籍を持ち、ジョン・ヘンドリーと名乗っているが、もう一つ、日本名も持っているのではないかということだ。つまり、このジョン・ヘンドリーという男は、二重国籍者ではないのかということである。

ジョン・ヘンドリーは、世間話には、気さくに応じても、話題が、名前や国籍のことに及ぶと、すぐに口を閉ざしてしまい、何度きいても、何も答えようとしない。

今のところ、まだ、容疑者というわけではないので、それ以上、突っ込んで、話をきくわけにはいかなかった。

しかし、実際に、彼に接してみて、疑惑が、ますます強くなってきた。

仮に犯人ではないとしても、間違いなく、この男は、事件について、あるいは、被害者について、何かを知っているはずだ。

——×——

先日、面白いものを、発見した。それは、太平洋戦争中の、サイパン島における日本とアメリカとの戦いを記録した、何枚かの、古い写真だった。

その写真の中には、玉砕したと、伝えられる守備隊司令部の斎藤義次司令官や、副官、あるいは、若手の将校たちの姿が写っているものが、あった。米軍が上陸する前に撮《と》られたと思われる、守備隊の記念写真である。

その中に、若手の、将校が何人か写っているのだが、そこに、ジョン・ヘンドリーそっくりの顔を、見つけた。

この若手の将校について、調べていくうちに、サイパン島など、南方の戦闘に詳しい人から、この将校が、小田切という中尉であることを教えられた。太平洋戦争に関して、詳しい、その人は、小田切中尉についてよく知っていた。私に、こんな話を、聞かせてくれた。

「小田切中尉は、少年時代何年間か、アメリカで、暮らしていた。その時の経験によるものかもしれないが、若手の将校の中では、自由主義的な考えを持っていた」

と、その人が、いった。

小田切中尉は、太平洋戦争中の日本軍の、自決や玉砕について批判的な考えを、持っていたという。

小田切中尉にいわせると、もともと、日本人は、捕虜になることは、恥ずかしいことでも何でもないと思っていた。日露《にちろ》戦争の時、日本兵が、敵軍の捕虜になってしまう者が、あまりにも多かったので、それを止《や》めさせるために、東條陸相が『戦陣訓』を示し、捕虜になることは、帝国軍人にとってこの上ない屈辱《くつじょく》であり、捕虜となるくらいなら、潔く、自決せよと教え、そのために、太平洋戦争では、さまざまな島で、刀折れ矢尽きて、弾丸も、食糧もなくなったにもかかわらず、投降せず、自決して玉砕が続いた。

太平洋戦争で、サイパン島の守備に当たっていた小田切中尉は、玉砕の道を選ぼうとする司令官や副官に向かって、

「ここまで戦ったのだから、アメリカ軍に降伏しても、誰も、批判したりはしない。『戦陣訓』には、とらわれず、『陸軍刑法』に従えば、敵に降伏しても、許されることがはっきりしている」

こういって、サイパン島の斎藤司令官に向かって、諄々《じゅんじゅん》と説明し、将校や民間人の生命を助けるために、司令官が、ここで敵に対して降伏を選んで欲しいと説得したと、いわれている。

これは、小田切が話していた、友田という、戦友の考え方と、まるで、同じだった。

十津川の妻の、直子の考えは、正しかったようだ。

このあとには、小田切中尉が考えていた、戦争というもの、また、捕虜になることが許されるかどうかを記《しる》した文書を手に入れて、そのまま、野中一課長は、ノートに写していた。

——×——

日清《にっしん》・日露の二つの戦争では、日本の政府や、軍人は、当時の列強である、アメリカ、イギリス、ロシア、ドイツなどを、さまざまな面で、見習おうとしていた。

戦争でも日本の政府、軍人たちは、優等生だったのである。捕虜になることを恥ずかしいことだとは考えていなかったというのである。当時の列強国ドイツ、イギリス、アメリカなどは、捕虜になったことを、屈辱だとは思わなかったし、逆に、捕虜を、大事にしていたから日本もそれを見習っていたのである。

日露戦争の頃は、日本政府は、そうした列強の国々に倣《なら》って、捕虜を大事にすることにした。つまり、国際法を何よりも重んじたのである。国際社会で、何よりも、誉《ほ》められようと一生懸命だったのだ。

第一、捕虜になることを恥ずかしいことだとは考えていなかったから、日本政府や軍部は、敵側の捕虜に対しても、大変、大事に扱っていた。

当時、日本軍の捕虜になると、ビーフステーキが食べられる。そんなウワサが立って、自《みず》ら進《か》んで日本軍の捕虜になろうとする敵の将兵もいたという。

第二、日露戦争の時、村上正道《むらかみまさみち》という大佐は、敵側の捕虜になってしまったが、政府は、彼を休職扱いにして、定年になると予備役《よびえき》に廻《まわ》して、罰することはしなかった。

第三、吉川孝光《よしかわたかみつ》歩兵大尉は、捕虜になったにもかかわらず、軍への貢献が認められて、金鵄勲章《きんしくんしょう》を授与されている。

第四、騎兵第十五連隊の石橋寛治《いしばしかんじ》伍長にも、同じく金鵄勲章が授与されている。

この時も、かつて捕虜になったことは、全く問題にされなかった。

そんなことで、日露戦争での日本軍の捕虜は、二千八十八名にも、及んだ。

昭和になってからは、日本政府にも陸海軍にも、捕虜となることは恥ずべきことだという考えが、次第に広まっていった。背伸びを始めたということなのだろう。

昭和七年になると、空閑昇《くがのぼる》少佐という将校が、敵の捕虜になり、釈放されて帰った後、自決するという事件が起きた。この空閑少佐の自決は、当時、美談として、大きな話題になったのである。

その頃から、日本では、降伏したり捕虜となることは、屈辱的なことだと、考えられるようになっていった。日本の軍隊は、天皇の軍隊、「皇軍」になっていった。ここから妙な精神主義におちいった。日本軍は、絶対に負けない。なぜなら「皇軍」だから。退却もない。「皇軍」だから、となっていく。そして、あの「生きて虜囚の辱めを受けず」という『戦陣訓』が昭和十六年に示された。負けることのない皇軍だから捕虜となることは、屈辱的であり、捕虜になるくらいなら自決せよといった空気が、日本の軍隊の中に蔓延《まんえん》していった。

『戦陣訓』は、心ある軍人の間では、バカらしい教えだといわれていたが、一般の将兵や、時には、民間人にとっても、『戦陣訓』が絶対に守らなければならない、掟《おきて》になっていった。特に、「捕虜になるくらいなら、自決せよ」というところだけが、強調されたがために、命を捨てる必要がないのに、自ら命を絶ってしまったのである。

『戦陣訓』の教えの中の、特に「生きて虜囚の辱めを受けず」というくだりは、優秀な軍人の命を奪うことになっていった。

例えば、撃墜王として知られた、坂井三郎《さかいさぶろう》のような、優秀な飛行機乗りでも、ゼロ戦を駆《か》って、敵地に侵攻していく時には、落下傘《らっかさん》を持っていかなかったという。

落下傘を持っていくと、軍人のくせに、命が惜《お》しいのかといわれる。また、不時着して敵に捕まりそうになったら、自決しなければならないとなれば、落下傘を持っていく意味がないことになってしまうからである。

そうなると、落下傘は、必要ない。だから坂井三郎だけでなく、日本軍のパイロットたちは、落下傘を持っていかなかったのだ。

そのために、熟練のパイロットの多くが、空《むな》しく死んでいった。数人乗りの爆撃機が被弾すると、落下傘を使って、脱出することもなく、僚機《りょうき》に向かって手をふりながら、自爆していったという。優秀なパイロットが、こうして死んでいったのだ。

こうした空気は、敵兵の捕虜に対しても、自然に辛《つら》く当たることになる。

捕虜になることは、屈辱と考えるのだから、捕虜に対しても自然に軽蔑《けいべつ》することになってくる。国際法に基《もと》づいて丁重《ていちょう》に扱うよりも、捕虜になるような、くだらない人間なのだから、痛めつけても構わないということになってしまう。そんな気持ちに日本特有の鉄拳制裁がプラスされるとどうなるか、想像がつく。戦後の軍事裁判で、捕虜収容所の看守の多くが、B級戦犯として処刑されたのは、このためである。

日本政府は、捕虜収容所における看守による捕虜への、暴力を認めて、こう弁明していた。

「私的制裁は、わが国軍の、伝統的な悪習のみならず、実に、国民的欠陥である」

と、いい、規則に従わない捕虜を殴《なぐ》りつけたりするのは、日本の軍隊の伝統だとか、国民性だというのだ。これは明らかに嘘《うそ》なのだ。日露戦争まで捕虜に対して、全く違う取扱いをしていたのだから。

『戦陣訓』を示達した東條陸軍大臣は、捕虜について、こういっている。

「人道に反しない限り、厳重に取り締まり、いやしくも、誤れる人道主義に陥《おちい》ることのないように注意すべきである。その労力を戦争遂行《すいこう》に役立て、また、現地民衆に対して、大和《やまと》民族の優秀性を体得させよ」

ここには、国際法に従って、捕虜を丁重に扱おうということは、全く考えられていない。

つまり、捕虜というのは、どうしようもない卑怯《ひきょう》な人間たちであるのだから、あまり甘くしないで、厳しく扱え。そして、戦争の遂行に利用する場合も、捕虜に対しては、日本民族が優秀な人間だということを分からせるようにしろ。つまり反抗したら、痛めつけろということである。

こんな空気の中で、小田切中尉は、捕虜になることは、別に、恥ずかしいことでも何でもない。『陸軍刑法』も捕虜になることを認めている。

そういって、サイパンでは、司令官に対しても、堂々と、主張していたのである。

そのことと、今回の、殺人事件が、どう関係してくるのか？

また、小田切中尉が、戦後、アメリカ国籍の、ジョン・ヘンドリーになっていることを、どう解釈すればいいのか？

これがうまく、解釈できれば、今回の殺人事件も、解決の目途《めど》が、つくだろう。

野中一課長のノートは、まだ続く。小田切中尉ことジョン・ヘンドリーが、殺人事件の犯人であるとするケースでは、いったい、どんなことが、考えられるかも、ノートには、書き記されていた。

7

野尻湖で殺された被害者は、小田切中尉こと、ジョン・ヘンドリーと同じくらいの、年齢に見える。

そのことから、太平洋戦争中、ジョン・ヘンドリーと、被害者とは、サイパン島の守備部隊で、一緒だったということが考えられる。いや、その可能性は、かなり、高いといえるだろう。

そこで、二人の間に強い確執《かくしつ》があったことも想像できるのだ。

ジョン・ヘンドリーこと小田切中尉は、ここまで、調べてきたように、当時の軍隊、あるいは、国民の間に広まっていた「生きて虜囚の辱めを受けず」という『戦陣訓』の教えを守っていた将校ではなくて、全く、逆の、『戦陣訓』にはとらわれず、全力を尽くして戦ったあとでは、降伏して捕虜になっても構わないと考えるタイプの人間だった。

また、『陸軍刑法』では、捕虜になることが許されることになっていると、周囲の人間、あるいは、上官に対しても熱心に説《と》いていたと、いわれている。

その点、被害者は、小田切中尉と同じサイパン島の、守備隊に所属していたとして、小田切中尉とは、全く正反対の意見を、持っていたように考えたらどうだろう。

簡単にいえば、『戦陣訓』の申し子といってもいいだろう。

とにかく、敵と最後まで戦い、そのあげく、敗北を喫《きっ》した時でも、むざむざ捕虜にはならず、潔く、自らの命を絶つ。それが、日本の軍人の生き方、いや、死に方だと、被害者は、さらに考えていて、二人の間には、つねに、考え方の相違による、戦いがあったに違いない。

戦争は終わり、戦後十五年が経った。その間、二人はどうしていたのか？　それは不明だが、一九六〇年七月になって、この野尻湖で出会い、殺人事件にまで、発展してしまった。

どうしてそんなことになったのか？

8

太平洋戦争に対する野中の考えも書いてある。

太平洋戦争で、日本軍は、太平洋上のいくつかの島で、玉砕を遂《と》げている。玉砕を文字どおりに受けとれば、アメリカ軍の捕虜には一人もなっていないことになるのだが、それでも実際には、何人かの捕虜を、出している。

アッツ島二十九人、タラワ島百四十六人、マキン島九十人、クェゼリン島二百五十人、ペリリュー島百五十人、硫黄島二百十人。

それが、サイパン、グアムになると、捕虜の数が、一気に、増加する。サイパン島では九百人、グアム島では千二百五十人となっているのだ。

なぜ、そんなことに、なっているのか、理由は、二つほど、考えられる。

一つは、アッツ島から、ずっと、玉砕が続いていたが、その間に、戦局は、日本にとってどんどん不利な状況になっていき、国民の間にも、あるいは、兵隊たちの間にも、このままでは、日本が、勝てる見込みはないといった、諦《あきら》めのような空気が、蔓延していたのではないだろうか？

周囲に死体が増えていけばいかに軍人精神に満ちあふれた兵士といえども、死にたくない、生きたいという気持ちになっていくだろう。誰だって死にたくはないのだ。

戦況の悪化とともに、軍人たちの厭戦《えんせん》気分が強くなり、それが生きたいという気持ちと重なって、サイパン辺りから、捕虜になる兵士の数が、一気に、増えていったと考えられる。

第二は、サイパンでの小田切中尉の存在だ。玉砕を主張する司令官や、副官に向かって、小田切中尉が、必死に説得した。

「これ以上、米軍と戦うことは、もはや無理である。死者を増やさぬために一刻も早く、降伏するべきである。『戦陣訓』のような、意味のない心得に、従う必要など全くない。軍人が唯一《ゆいいつ》、守るべき、『陸軍刑法』でも、最後には、降伏することが、許されている。それに、民間人も、まだ多数生存しているから、この際、司令官が、決断して、米軍に降伏すれば、多くの命が助かるのだ」

この小田切の説得のせいで、サイパン、グアムから、急に、日本兵の捕虜の数が、多くなっていったのかもしれない。

9

野中一課長のノートには一人の将校の残した言葉も、書きつけられていた。よほど、感銘を受けたのだろう。

「若手の将校の中には、次のような言葉を、上官に向かって、遠慮なく吐く者が、現われていたという。

全力を尽くして戦って、それでもなお、刀折れ矢尽きて、玉砕の道を、たどるしかない将兵の立場を、ただ、大楠公《だいなんこう》精神とか、戦況無視とかいった言葉で、説明してしまってもいいのだろうか？

太平洋上の、いくつかの孤島で、援軍の望みを一切《いっさい》絶たれて、陸も海も、敵軍に押さえられ、制海権も制空権も、失ってしまった場合、日本から、はるか彼方《かなた》の孤島で、祖国の興亡を案じながら、自決しようという気持ちに、はたして、なれるものだろうか？

もし、日本の本土が、彼らを見捨てる場合は、彼ら自身の、自由な意思で、行動することを許可するべきではないのか？

それこそが、真の、武士道精神というものではないだろうか？」

「こうした考えが、若手の将校たちの間に生まれてきていたともいう。小田切中尉の考え方は、その先を、行っているのだが、玉砕するしか残された道はないと断定して、それを命じる大本営には、いわゆる武士の情けというものが、ないのだろうか？

もし、ほかに、方法がないのであれば、小田切中尉が、勧めるように、武器を捨て、潔く敵に、降伏することが許されるのではないだろうか？」

そこまでノートに記したあと、行を置いて、野中一課長は、次の言葉で結んでいた。

10

「現在、あの忌《い》まわしい戦争が、終わって、十五年が経っている。戦争中の軍人や、民間人の行動について、批判的意見や、飛躍した批評も書かれている。

私には、その中の、どれが正しいのかは分からないし、どれが、間違っていると、声高《こわだか》にいうこともできない。

刑事としての私が今考えているのは、戦争中の行動が、一九六〇年現在、野尻湖で起きた殺人事件と、どう、関係しているのかということである。

私は、この二つの間に何らかの関係があって欲しいと、思っている。なぜなら、もし、関係があれば、どこかで、事件解決の糸口が、つかめるのではないかと、思うからである」

野中一課長のノートは、そこで、終わっていた。野中一課長は、捜査状況や、あるいは、事件に関する自分の見解を書き記した後、急に、亡くなってしまったのだろう。

その後、ノートには、捜査を引きついだ何人かの刑事がその時々に、気がついたことを、書き記していた。

野中一課長が、亡くなった後、捜査は、明らかに壁にぶつかってしまっている。したがって、野中以後には、参考になるような記述は、何一つ見つからなかった。

ただ、一行だけ、離して書かれてあった言葉があり、その言葉が、十津川を強く引きつけた。それは、次の言葉である。

「今回、野尻湖で起きた殺人事件は、明らかに、十五年前の太平洋戦争の時に負わされた戦争の傷を引きずっている」

この短い言葉は、十津川に、大きな関心を抱《いだ》かせると同時に、彼を当惑させた。なぜなら、十津川は今、七十年ほど前の戦争、日中戦争から、太平洋戦争までに、大きな関心を持っている。しかし、戦後生まれの彼は、実際の戦争を、体験していないからである。

もし、ノートの最後に書かれている言葉、「戦争の傷を引きずっている」という、この言葉が、本当のことであったとしても、戦争の、実体験のない十津川には、それが、一九六〇年七月六日の殺人事件と、どう結びついているのか、どう関係があるのかを、簡単には、理解できないでいるのだ。

11

翌朝早く、十津川は、眠いままに、目を覚《さ》ました。予定では、この日の朝早い列車で、東京に戻らなければならなかった。

今朝のうちに、警視庁に電話をし、上司の、三上刑事部長の許可が、得られなければ、野尻湖に残って、長野県警の、笹野警部に協力することができなくなる。だから、十津川が、第一にやるべきことは、上司の三上刑事部長に、連絡をして、休暇の延長と、長野県警の、捜査に協力することの、許可を得ることだった。

民宿での朝食の後、十津川は、三上に、電話をした。

日頃から、三上は、地方の警察を軽蔑して、バカにするような発言を、たびたび繰り返していたので、十津川が、長野県警に協力することを、三上が承知することは、まずないだろうと思われた。

十津川は遠慮がちに三上に電話した。

「休暇をいただいて、妻と二人で野尻湖畔に、来ているのですが、たまたま、こちらで、五十年前に起きた殺人事件にぶつかってしまいました。この殺人事件は、今もなお、長野県警の捜査の対象になっていて、私に、捜査の協力要請がありました。自分勝手なことが許されないことは、もちろん、承知しておりますが、私としては、できれば、長野県警の要請を受けて、捜査の協力をしたいと、思っています。何とか、部長の許可を、いただけないでしょうか？」

期待ゼロで、十津川は頼んだ。

ところが、驚いたことに、一瞬の沈黙の後で、三上が、

「よし、分かった。いいだろう。あと一週間、君に、休暇を与える。そちらに残って、長野県警に協力して、捜査の手助けをしてやりたまえ」

と、いったのである。

三上の言葉に、十津川の方が、ビックリしてしまった。

上司と部下としての、三上とのつき合いは長いが、こんなに、物分かりのいい三上刑事部長に接するのは、初めてだった。

もしかすると、三上刑事部長にも、何か、こちらの事件に、関係することがあったのではないのかと、十津川は、思わざるを得なかった。

「一つ教えていただけませんか？」

と、十津川は、いった。

「何をだね？」

「私がこちらに残って、長野県警の、捜査に協力をすることで、警視庁のプラスになるようなことが、あるんでしょうか？」

「いや、別に何もない」

三上が、ぶっきらぼうに、いう。

十津川は、その三上のいい方に、逆にますます疑いを深めた。

そこで、さらに、

「私一人では、長野県警に、協力することが難しいと思いますので、できれば、亀井《かめい》刑事にも、こちらに来てもらいたいのですが、構いませんか？」

と、いってみた。

その、十津川の新しい申し出に対しても、三上は、あっさりと、

「いいだろう。すぐ、亀井刑事をそちらに行かせよう」

と、いうのである。

こうなると、十津川としては、ますます、何かあるらしいと思わざるを得なくなってくるのだが、十津川がきいても、三上刑事部長は、何も、教えてくれようとはしない。

そこで、仕方なく、亀井刑事が、こちらに、到着するのを待って、彼に、きいてみることにした。亀井なら、何か知っているかもしれないと思ったのだ。

午後になって、亀井が、やって来た。

ニコニコしながら、

「三上刑事部長から、一週間の、休みをもらってきましたよ」

その亀井に向かって、十津川は、

「カメさん、私には、どうにも、三上刑事部長の態度が、気になるんだ。三上部長は、地方の警察に、喜んで協力するような、そんな人じゃないんだ。普段から、地方の警察を軽蔑しているからね。それなのに、今回に限っていやにあっさりと、私に、長野県警への、捜査協力を許可したんだ。どう考えてもおかしいよ。絶対に、何かあるに違いないんだが、部長は、何も話してくれないし、いくら考えても、それが分からない。いったい、警視庁で、何が起きているんだ？ カメさんは、何か知らないか？」

「私にも、よく分かりませんが、昨日、外務省の、北米局長が、アメリカ大使館の、職員を連れて、三上刑事部長のところに、訪ねてきていましたよ。もしかすると、そのことが、何か、関係しているのではありませんかね？」

と、亀井が、いう。

「外務省の北米局長とアメリカ大使館の職員か。まるで判《はん》じ物《もの》だな。二人揃《そろ》って、三上刑事部長を、訪ねてきたということに、いったい、何の意味が、あるんだろう？」

「私にも、分からなくて、何とか知りたいと思い、たまたま、アメリカ大使館に友人がいるので、彼に話を聞いてみたんですよ」

「そうしたら？」

「こんな、返事をしてくれました。アメリカ大使館では、今度、日系のアメリカ人を一人、大使の補佐官として、採用することにしたのだが、本人は、いいのだが、どうやら、父親のほうに問題があるらしい。そこで急遽《きゅうきょ》、その父親のほうを、調べて欲しいと、大使館の職員が、外務省の、北米局長と一緒に、警視庁を訪ねた。彼は、そんなことをいっていましたが」

と、亀井がいう。

亀井の言葉で、十津川の頭にはすぐ、ジョン・ヘンドリーこと、小田切の名前が浮かんだ。

あの小田切が、問題になっているという、その日系アメリカ人の、父親なのではないだろうか？

そうだとすれば、三上刑事部長が、十津川の願いを、あっさり許可してくれたことが、納得できるのである。

（少しばかり、難しいことになってきたぞ）

と、十津川は、思った。

第四章　アメリカ大使館

1

十津川の話が聞きたいと、長野県警の笹野警部と、外務省北米局の篠塚《しのづか》局長が相次いで野尻湖にやって来た。

この二人に、十津川と亀井も加わって、四人で野尻湖の湖畔にある日本旅館を借りて、事件についての話し合いが行なわれた。

最初に口を開いたのは、篠塚北米局長だった。

「今、駐日アメリカ大使館が、職員として採用しようとしている日系のアメリカ人の名前は、ディーン・H・オダギリといって、年齢は、三十五歳です。現在は、アメリカのオハイオ大学で日本語を教えています。この人物については、特に問題はないのですが、アメリカ大使館の職員が心配しているのは、ディーン・H・オダギリの、父親のことなのです。彼は、日本に来ていることが多いのですが、来日中に殺人を犯したのではないか？　そんな噂《うわさ》が聞こえてきましてね。もし、それが事実だとしたら、その息子のディーン・H・オダギリを、アメリカ大使の補佐官としてそばに置いておくのは、まずいのではないか？　それが、今、問題になっているのです」

「どうも、その父親というのは、私が大学時代、法律を教えてもらっていた小田切先生のような気がします。大学時代は、小田切先生のことを、アメリカのことに詳しい先生としか認識していなかったのですが、ここに来て、少しばかり、違った見方をするようになっています。私が気になっているのは、一九六〇年の七月六日に、この野尻湖で、殺人が行なわれたということです。この時、殺されたのは日本人です。結局、犯人は不明のまま、事件は、迷宮入りになってしまっていたのですが、実はここに来て、真犯人は、ひょっとすると、今、篠塚局長がいわれた、ディーン・H・オダギリの実の父親で、日本名を小田切正雄、アメリカ名をジョン・ヘンドリーという、その人ではないかと、私は、疑いを持ち始めています」

十津川が、いい、県警の笹野警部が、うなずいた。

「われわれ長野県警も、小田切正雄ことジョン・ヘンドリーに対して、殺人事件に関係しているのではないかという疑いを持っていますが、何といっても、事件が起きたのが一九六〇年のことで、すでに、それから五十年以上も経《た》ってしまっているのです。たしかに、現在でも、細々とではありますが、その事件を調べています。しかし、時効にもなっており正式な捜査をしているわけではありません。ここで、犯人がジョン・ヘンドリーこと小田切正雄だと断定できれば、もちろん、力を入れて、捜査を進めたいと思っています」

「アメリカ大使館側では、急ぎの用件として、ぜひ父親のジョン・ヘンドリーに会って、彼から、直接話を聞きたいと思っているんです。ところが、肝心《かんじん》のジョン・ヘンドリーが見つからない。それで困っているのです。十津川さんは、ジョン・ヘンドリーが、今、どこにいるか、ご存じですか？」

篠塚が、きく。

「この野尻湖には、会員制の国際村があります。そこでは主として、外国人が会員で別荘を利用しているのですが、最近、ジョン・ヘンドリーが、そこにいたことは、まず、間違いありません。私もこの野尻湖で、彼と会い、話をしました。しかし、その後、彼は姿を消してしまってわれわれも、彼の行き先が、分からずに困っています。また、この野尻湖で殺人事件が起きた一九六〇年の七月に、ジョン・ヘンドリーこと小田切正雄が、来日していたことは、間違いありませんが、殺人が起きた時、彼が、どこにいたのかは、分かっていません。ですから、一九六〇年七月の殺人事件については、今のところ彼に、アリバイがあるかどうかは、分かりません」

十津川が、いった。

「そうなると、ジョン・ヘンドリーが、一九六〇年に、この野尻湖で殺人をしたか、あるいは、しなかったかどうかの証明は難《むずか》しいのですか?」

篠塚局長が、きく。

「かなり難しいと思いますね。繰り返しますが、何しろ、殺人事件が起こったのが、今から五十年も前ですから。当時のことを知っている人間がほとんどいないのです」

笹野警部が、いい、それにつけ加えるように、十津川が、いった。

「私は、ジョン・ヘンドリーのことを、今までは、大学時代の恩師である小田切先生としてしか見ていなかったのです。それに、小田切先生は、どうやら、日本国籍とアメリカ国籍の両方を持っているように思うのですが、そのことも、最近になって初めて、知りました。なぜ、小田切先生が二つの国籍を、持っているのか？　それを知りたいと思っています。小田切先生――どうしても、そう呼んでしまうのですが、先日、太平洋戦争のことについて、小田切先生が、話してくれたのですが、彼は、日本軍の若手の将校として、サイパン島で、アメリカ軍と戦っていたことが分かりました。それが、どうして、ジョン・ヘンドリーというアメリカ名を名乗っているのか、というよりも、どうやって、アメリカの国籍を、手に入れたのか？　その辺のことが、分からないと、一九六〇年の殺人事件は、いつまで経っても、解決することはないと思うのですが、局長は、アメリカ側から、その辺のことを何かお聞きになってはいませんか？」

「多分、彼の二重国籍が問題になるだろうと思ったので、アメリカ側から、ジョン・ヘンドリーについての書類を送ってもらってきました。日本語に訳してありますので、それを読んでくだされば、ジョン・ヘンドリーこと小田切正雄のアメリカでの生活や、アメリカの国籍を手に入れた状況などが、分かると思います」

篠塚局長は、カバンの中から取り出した分厚い書類を、テーブルの上に置いて、

「一九六〇年の七月に、ここで日本人が殺され、ジョン・ヘンドリーに疑いがかかっている。そのことは了解しました。ただ、事件から三日後に、湖畔に、奇妙な石碑が建ちましたね？　私としてはそれを見たいと、思ったのですが、壊されてしまっている。その石碑について、警察は、どう考えているんですか？」

笹野警部が、十津川にうながされる恰好《かっこう》で、篠塚局長に答えた。

「これが、壊される前の石碑の写真です」

笹野は、写真を篠塚局長に渡した。

〈島崎修一郎　六〇・七・六　過チヲ正シテ死亡ス〉

これが、石碑に刻まれていた言葉である。笹野が、詳しく説明する。

「篠塚局長が、おっしゃったように、一九六〇年七月六日に、ここで殺人事件があり、死体が野尻湖に浮かんで発見されました。被害者は四十代の男性、日本人と考えられましたが、いっこうに身元が割れませんでした。三日後に、突然、写真の石碑が、湖畔に建ったのです。職人がやってきて、コツコツ造ったものとは考えられませんでした。恐らく別の場所で造っておいて、ここに運んできて、建てたものだと思われます。石碑に彫《ほ》られた文字から見て、殺人事件と関係があると考えました。つまり、犯人が建てたものなら、島崎修一郎が、被害者の名前と考えられますが、この名前を、いくら調べても、該当者は、見つかりませんでした。もう一つ、われわれは、日本人が、日本人を殺したと考えていましたから、国際村は調べはしましたが、それほど注目しませんでした。国際村は会員制で、最近は日本人の会員もいるようですが、事件のあった頃は、会員はほとんど外国人だったのです。今回突然、その石碑が何者かによって、破壊されてしまいました」

「そうすると、この石碑は、五十年間、ずっと建ち続けていたわけですね」

篠塚局長が、苦笑する。

笹野も笑った。こちらも、明らかに苦笑いだ。

「五十年も建っていたものが、突然、壊されたのは、なぜでしょうか？　誰が壊したんでしょうか？」

と、篠塚が、きく。

この質問に対しては、十津川が答えた。

「石碑を建てたのは、多分犯人でしょう。これは、私の勝手な想像ですが、石碑を造ったのは、ジョン・ヘンドリーこと小田切正雄だと思いますね。五十年経った今、なぜ、急に壊したかといえば、それは、ここに来て、篠塚局長がいわれた、ジョン・ヘンドリーの息子ディーン・H・オダギリが、駐日大使の補佐官に採用されることになった事情が、関係していると思いますね。そんな大事な時に、以前、野尻湖の湖畔に、殺人事件の記録のように建てた石碑は、息子のためにならない。小田切正雄は、そう考えて、壊したのだと、思います」

「そうなると、なおさらディーン・H・オダギリの父親が、一九六〇年の殺人事件の犯人である可能性が、強くなってくると思いますが、どうでしょう、違いますか？」

「たしかに、その疑いは濃くなりますが、残念ながら、それを裏付けるだけの証拠がありません」

と、県警の笹野警部が、慎重ないい方をした。

最後に、笹野警部が、

「これから、ジョン・ヘンドリーこと小田切正雄の顔写真を、部下の刑事たちに、配って、この男を見かけたら、確保するよう指示することにします」

と、いった。

ここで、今日の話し合いは、終わり、十津川と亀井は二人と別れて、別の旅館に行き、そこで篠塚北米局長から渡された、分厚い書類に、目を通すことにした。

2

書類は、アメリカ政府が、作った公式の文書だった。そこには、一人のアメリカ市民、ジョン・ヘンドリーに関する、太平洋戦争の時から現在までの経歴が、細《こま》かく書かれていた。

最初は、サイパン島の戦闘経過から、始まっている。

〝サイパン島での戦闘は、終わりに近づいていました。すでに占領した飛行場は、整備を終え、B二九の到着を待っていました。

日本軍はすでに、島の北部に追い詰められ、抵抗する力を失っていました。それにもかかわらず、日本の軍人と民間人は投降せず、海に飛び込んで自殺する者が多く、それがアメリカ軍の司令官を悩ませていました。

民間人の自殺は、痛ましい限りでした。特に若い母親が幼児を抱いて、死のダイヴをする姿を目の前にして、若い兵士には、顔をそむけ、嘔吐《おうと》する者もいました。

われわれは、必死に投降をすすめました。

『もし、われわれに投降すれば、生命は保障する。食事も与える。マラリアをはじめとする病気の者は、アメリカの医師が、治療に当たる』

こう記《しる》したビラを、われわれは大量にばら撒《ま》いたのですが、なかなか効果が上がりませんでした。

そんな時、日本軍の若い将校が、民間人十二人を連れて、アメリカ軍に投降してきたのです。それが、きっかけになったのか、続々と投降者が増えてきました。その将校の名前は、小田切正雄中尉と分かりました。彼は、英語が堪能《たんのう》でしたので、尋問《じんもん》はスムーズに行き、十二人の民間人を連れて、アメリカ軍に、投降してきた前後の話を、詳しく聞くことができました。そのことは、われわれにとって、大いに参考になりました。

小田切中尉がこういったのです。

「私は、一九四四年六月に、日本本土からサイパン島の守備のために、輸送船で、やって来ました。私と一緒に来た兵士たちは、グアム島やテニアン島にも守備のため配置されましたが、守備隊の主力は、サイパン島でした。

日本の大本営は、制空権や制海権がなくても、アメリカ軍からサイパンを守り抜くことが出来ると、自信満々でした。東條首相兼陸軍大臣は、海軍側から、サイパンは少なくとも一ヶ月間は持ちこたえてくれといわれた時、一ヶ月どころか、永久に守り抜いてみせると答えたのです。その自信の出所《でどころ》は、サイパンは、わが軍の兵力密度が、一平方キロメートルで二百三十名であり、火力は一平方キロメートル当たり六・五門という、今までにない兵力と火力が用意されているからだというのです。しかし、火力についていえば、問題は弾丸の供給量です。一会戦分の弾丸しか用意されていないのです。一門について千発。それで終わりです。その上、大本営は、それまでの島嶼《とうしょ》戦は孤立した戦いだが、サイパンの場合は、戦闘になった場合、増援部隊を送るので、米軍を包囲壊滅すると豪語していたのです。何の根拠もない大言壮語《たいげんそうご》であり、口約束でした。

一九四四年六月十五日、アメリカ軍が、上陸してくると、その圧倒的な兵力と火力、それに艦砲射撃と爆撃のため、たちまち、日本軍は島の北部へ追いつめられてしまいました。この時点で、大本営は、増援部隊の派遣を諦《あきら》めてしまいましたが、それは、守備隊には、伝えませんでした。将兵を欺《だま》していたのです。

私は、他にも、心配なことがありました。二万人いるといわれた民間人の安全を、どうやって保つかです。特に、サイパン在住の日本人の多くが、沖縄《おきなわ》出身者だということが心配でした。米軍が、次に何処《どこ》に侵攻してくるのか分かりませんが、日本本土侵攻の前提として、沖縄への攻撃は、十分に考えられると思ったのです。もし、サイパンで、民間人を冷たくあしらい、その生命を軽《かろ》んじたら、将来の沖縄戦に悪い影響を生むだろうと、心配したのです。

最初、司令官は、民間人たちに、竹槍《たけやり》を持って戦うこと、爆薬を抱いて米軍戦車に体当たりすることを考えて、訓練させようとしたのです。大本営の好む一億総特攻というわけです。これが可能だとは、誰も、思っていないのは、知っていました。竹槍で米軍と戦えるはずはありませんし、向こうが用心したら、兵士でも、爆薬を抱いて、敵戦車の五十メートル以内に近づくことは不可能だと、今までの戦闘で、実証されているのです。勘ぐれば、民間人を兵士にしてしまえば、民間人を守る義務は消えてしまうと、考えたのではないか。多分、本土決戦の時も、大本営は同じことを考えるだろうと、私は、暗澹《あんたん》とした気持ちになってしまいました。

猛烈な戦闘が始まると、民間人は戦うどころか、ひたすら、危険な戦場を逃げ廻《まわ》ることしか出来なかったのです。

七月に入ると、日本軍は、サイパン島の北部の山岳地帯に閉じこめられ、山中の洞窟《どうくつ》の中に司令部が移され、近くには、民間人たちが、かくれている状況になりました。米軍は、戦車、火砲、それに火焰《かえん》放射器を使って、じわじわ侵攻してきます。このままでは、全滅です。

民間人は、助けたいと、考えているうちに、私は、軍人だって無駄に死ぬことはないと考えるようになったのです。日本の兵士の勇敢さ、我慢強さは世界一だと思っていますが、彼らに対して、大本営は、正当に報《むく》いてきただろうかと思ったのです。洞窟の中で、私の周囲にいるのは、傷ついた兵士たちです。片腕を失った兵士、脚《あし》を撃たれて、這《は》っている兵士、銃は持っていても、弾丸は撃ち尽くして、空《から》っぽです。民間人は、かたまって怯《おび》えています。大本営にはこの光景が見えているのか。見えていれば、こういうべきだ。『諸君は、すでに十分戦った。その戦いぶりは賞賛にあたいする。いつか戦争は終わる。それに備え、君たちは、銃を置いて、ゆっくり休みなさい』と。ところが、現実の大本営は、『総攻撃をかけ、玉砕せよ』と、命令してきたのです。心ある人間は、大本営の冷酷さを批判してきたのですが、それを言葉に表わしたり、行動に移したりは、してきませんでした。

私は、大本営を動かすことは、無理だと考え、第一線の司令官が、兵士や民間人を助けるために、大本営の命令は無視して、時には、敵に降伏する道を選んでくれるように、説得することを考えました。そのためには、武器が、必要です。その武器と考えたのは、『陸軍刑法』でした。私は、軍隊の中で、自分を守ってくれる法律を探して、この『陸軍刑法』にたどり着いたのです。そのため、私は、これを、サイパンでも、肌身離さず、持ち歩いていました。

当時、軍人や民間人、いや国民全体に、東條首相兼陸相が示した『戦陣訓』の『生きて虜囚の辱めを受けず』の一文が、まるで金科玉条《きんかぎょくじょう》のように受け止められ、その言葉通りに生きること、死ぬことが、栄光ある日本国民であると、教えられていたのです。

しかし、冷静に考えれば、この『戦陣訓』は、訓示でしかないのです。法律でないのだから、守らなくても、罰せられることはないのです。

それに対して、『陸軍刑法』(『海軍刑法』もある)は法律であり、主体は国家です。さらに、素晴らしいことは、『第四十一条　司令官野戦ノ時ニ在《ア》リテ隊兵ヲ率《ヒキ》ヰ敵ニ降《クダ》リタルトキハ其《ソ》ノ尽《ツク》スヘキ所ヲ尽シタル場合ト雖《イヘドモ》六月以下ノ禁錮ニ処ス』とあることとです。全力を尽くしたあとなら敵に降伏しても、禁錮六ヶ月という軽い刑ですむということです。刀折れ矢尽きた場合は降伏しても構わないことになります。

（すでにサイパン島の軍人も一般市民も、十分に戦ったはずである。そして、今や、食べるものもなく、戦うための武器もなく、弾丸もない。こんな時に、これ以上、なおもアメリカ軍と戦えというのは、どう考えても間違っている）

と、私は、考えました。

われわれが、金科玉条のようにいっている『戦陣訓』は、たかが、東條陸相の示した訓示でしかないのです。それに対して、日本の軍人が、絶対に守らなければならないのは『陸軍刑法』である。

そして、その『陸軍刑法』には『刀折れ、矢尽きた時には、敵に対して降伏しても構わない』と、はっきりと規定しています。ここまで来たら、陸軍大臣の訓示よりも『陸軍刑法』を守るべきである。

私は、司令官に対して、そういって説得しました。その時、将官たちのほとんどが『陸軍刑法』を知らないことに、驚きました。司令官も副官も何もいわず、しばらくは黙ったままでした。

その後で副官は、

『すでに東京の大本営から、サイパン島の兵士は、全員必ず玉砕せよという命令を受けている』

というのです。

私は、反対しました。

『東京の大本営が、戦場の状況を見ようともせずに、とにかく戦え、そして、最後には玉砕せよと命令するのは、間違っています』

さらに、

『大本営には、われわれに、玉砕して死ねなんていう権限はありませんよ』

とも、私は、いいました。

それでも、司令官は、黙ったままで迷っているようでした。『戦陣訓』の毒が廻っているとしか思えませんでした。

私は、どうにかして、今生き残っている人間だけでも、助けたいと思いました。

そこで、もう一度、司令官と副官を説得しようと、試みました。

『この洞窟の中を見てください。ほとんど全員が、負傷しているじゃありませんか？　片腕をもがれている兵士も、います。脚をやられ、動くことのできない者だって、たくさんいるのですよ。それに、この兵士たちは、洞窟から出てアメリカ軍と戦おうとしても、武器もなければ、弾丸もないじゃありませんか？　降伏することの、いったい、どこが悪いのですか？　今もいったように、降伏することは、法律で、許されているのです。ですから、司令官、どうか決意してください。諸君はよく戦った。戦争は、もう終わった。アメリカ軍に降伏する。一言だけ、司令官が、そういってくだされば、洞窟の中で傷ついて横たわっている兵士たちも、恐怖におびえている民間人も、全員が、助かるんですよ』

しかし、その直後に、突然、銃声がして、洞窟の中で、司令官が自決をしてしまったのです。

司令官は、もともと優しい性格の持ち主でしたから、もしかすると、私の言葉に、気持ちが押し潰《つぶ》されてしまったのかもしれません。

戦うことが怖かったとは、思えません。大本営の命令に逆らって、玉砕せず、降伏するのは、恥ずべきことだ。

その固定観念から、拳銃の引金を引いたに違いありません。

途端に、洞窟の中が、大混乱に陥《おちい》りました。そして、いっぺんに二十人近くの人間が、突然、洞窟から、逃げ出そうとしました。

すると、私のそばにいた中尉が、

『動くな！　降伏することは絶対に許さん！』

と、怒鳴《どな》り、拳銃を取り出すと、逃げ出した一般市民の群れに向かって、引金を引いたのです。

民間人たちが撃たれて、バタバタと倒れていきます。

私は思わず、その中尉に飛びかかっていき、

『バカなことはやめろ！』

と、怒鳴ったのです。

途端に、近くで大きな発砲音がして、洞窟の中が揺れて、明かりが、消えました。

拳銃を撃った中尉に触発されたのでしょうか、洞窟の中にいた将校が、二、三人立ち上がって、

『逃げるな！　卑怯者《ひきょうもの》！　非国民！』

と、いいながら、四方八方に拳銃を撃ち始めたのです。

おそらく、あれは、恐怖感の裏返しではなかったかと思います。

私は、このままでは、民間人が皆殺しになると思い、洞窟の入口に向かって走りました。

入口付近に固まったまま動けない民間人たちに向かって、

『ついてこい！　これからアメリカ軍に降伏する』

と、大声で、叫びました。

震えていた十二人ほどの、民間人が私の後に続いて、洞窟を飛び出しました。

中から何か叫びながら、拳銃を撃ってきます。

私は、脅《おど》しで、一発二発と、洞窟の中に向かって撃ち返しておいて、民間人の先頭に立って駆け出しました。私は走りながら、

『降伏する。戦闘は中止だ』

と、アメリカ軍の陣地に向かって叫んでいました。

しかし、数日間、食事をほとんど取っていなかった私は、走っている最中に、倒れてしまいました。私と一緒に走ってきた民間人も、同じように、その場に、バタバタと倒れていきました。

しばらくして、気がつくと、頭の上のほうから、英語が聞こえました。その英語が、たちまち増えていって、私たちは、アメリカ兵に取り囲まれていました。そして、正式に降伏したのです」

彼らは、できたばかりの、捕虜《ほりょ》収容所に連行され、小田切中尉は十二人の民間人と別々にされました。

情報将校のヒッコリー大尉が、小田切中尉の尋問に当たりました〟

これから先は、ヒッコリー大尉の日記になっていた。

〈私たちは、最初のうち、日本兵捕虜の証言をあまり信用しませんでした。日本兵は、戦意旺盛《おうせい》で、めったに降伏はしない。負傷し、弾丸がなくなっても、バンザイ突撃をして死んでゆくと、教えられてきたのに、捕虜になった日本兵が、やたらに、われわれに対して、協力的だったからなのです。

そこで、私は、捕虜たちがわれわれを混乱させようとして、ニセの情報を口にしているに違いないと断定しました。しかし、彼らが喋ったことは、全《すべ》て真実だったのです。私は驚きました。

もう一つ、私を悩ませたのは、彼らが本名をいわないことでした。時には、長谷川一夫《はせがわかずお》という名前が何人もいるので、調べてみると、日本で一番有名な映画スターの名前だとわかりました。われわれは捕虜になった場合、必ず名前と階級を名乗る。理由は、自分が生きて捕虜になっていることを、家族や本国に知って貰《もら》いたいからです。ところが、日本兵は、自分が捕虜になったことを、絶対に知られたくないので、偽名を使うのです。

小田切中尉は、はっきりと、階級と名前をいい、英語が堪能でしたが、それでも、最初は、彼の言葉に疑いを持ちました。それというのも、小田切中尉は、民間人十二人と、一緒に降伏したのですが、彼の軍服の胸のあたりに、かなりの血痕があったからです。

私は、洞窟の中で、小田切中尉が、仲間の軍人か、民間人を殺害して、自分だけ逃げてきたのではないか。十二人の民間人が一緒だったのは、小田切中尉が怖くて、逃げられず、仕方なく、ついて来たのではないか、と考えました。

私の疑いに対して、小田切中尉は、次のように答えたのです。

『私が、これ以上の戦闘は無意味だからと考え、洞窟の中にいた民間人と一緒に、洞窟の外に出ようとした時、洞窟の中にいた将校たちが、逃げるなと、大きな声で、怒鳴りながら、拳銃を乱射したのです。私のそばにいた若い女性が、私の胸の中に、倒れ込んできました。よく見ると、彼女の体から、血が、どくどくと流れていました。六、七歳の彼女の子供も一緒でした。私は、無性《むしょう》に腹が立ちました。撃ったのは、味方の日本軍の将校ですが、私は、亡くなったその女性と子供のために誓いました。必ず仇《かたき》を討《う》ってやると』

もう一つ、小田切中尉のことで、意外に思ったことがありました。

これは、どの国の捕虜でも同じですが、一番大事にしているのは、家族か恋人の写真です。ところが、小田切中尉は違いました。彼は、ボロボロになった冊子を、後生《ごしょう》大事に、ポケットに入れていたのです。

その表紙には、『陸軍刑法』とあって、その言葉は、読めましたが、私には、中の言葉は読めませんでした。私が習った日本文ではなく、カタカナまじりの文語体だったからです。そこで、私は小田切中尉に、英語に訳すようにいいました。二日間で、彼は、私にも分かる英語に訳してくれましたが、そのあと、私と彼の間で、議論が始まってしまったのです。小田切中尉は、こういいました。

『アメリカ人は、私たち日本人、日本兵を野蛮《やばん》だと見ていますね。日本兵は、平気で捕虜の首を日本刀で斬《き》り落とし、占領地では、強姦《ごうかん》をする。その上、罰せられることもないと、見ていますね。私は、そうした誤解を、何とかして、払拭《ふっしょく》したいと思い、「陸軍刑法」を持ち歩いているのです。それを読んで下されば、日本人、日本兵が、皆さんと同じように、しっかりした法律の下《もと》で暮らしていること、捕虜を勝手に殺せば、その法律で厳罰に処されることが分かります。強姦でも同じです。第九章に、「掠奪及強姦ノ罪」とあって、「婦女ヲ強姦シタルトキハ無期又ハ七年以上ノ懲役ニ処ス」となっているんです。この「陸軍刑法」は、一九〇八年に施行されています。アメリカが憲法を制定したのが、一七八七年だから、百二十一年しか経っていません。それでも、日本や日本兵を野蛮だといわれますか?』

小田切中尉が、得意気にいうので、私も、むっとして、

『日本と日本人を野蛮といっているのは、われわれより、日本人自身じゃないのか?』

と、いい返すと、小田切中尉は、

『それで、私は、この「陸軍刑法」を、自分を守るためにも、いつも携帯しているのです』

と、いったのです。

私は、彼といい合ったが、別に、本心から腹を立てていたわけではありません。それより、私は、情報将校の肩書を与えられ、ある程度、日本語が分かるし、話せるのですが、日本と日本兵に対する知識が貧弱なことは、いつも、気になっていたのです。

太平洋戦争が始まった時、米軍の中に、日本語の分かる兵士は、一人もいなかった。そこで慌《あわ》てて、千人の兵士に、日本語の教育を始めたのです。私も、この時、応募して、日本語を勉強することになったのです。しかし、日本の細かいことは、今も分かりません。

私は、念のために、小田切中尉が英訳した『陸軍刑法』を、将校クラブで、みんなに見せましたが、案《あん》の定《じょう》、誰一人、その存在を知りませんでした。中には、野蛮人の集まりの日本に、こんな立派な法律があるはずがないと、主張する者まで、いたのです。それから、十二日経って私は、突然、太平洋方面司令部に、呼ばれたのです。

行ってみると、マッカーサー大将や、キング提督の姿はありませんでしたが、副官たちが集まっていました。

『これを、将校クラブで、みんなに見せたのは君だね』

と、いきなり、例の冊子を突きつけられたのです。

私が肯《うなず》くと、マッカーサー大将の副官ホイットニー准将《じゅんしょう》が、私にいうのです。

『来年中に、日本は降伏する。そうなると、マッカーサー大将は、連合国軍総司令官として、日本の占領に当たる。マッカーサー大将は、常に完璧《かんぺき》を期す方なので、日本占領も、完璧なものにしたいと、おっしゃっている。日本に関する知識は、どんなものでも頭に入れたい。先日、君の持っている「陸軍刑法」を見て、ぜひ、これについて、話を聞きたいとおっしゃっているのだ』

『マッカーサー大将は、どこに興味を持たれたんですか？』

と、私は、ききました。

『二つの点に興味を持ったといわれた。一つは、日本軍のように野蛮な軍隊が、どうして、こんな立派な刑法を持っているのか。第二は、そんな立派な刑法を持っているのに、なぜ、日本軍は、野蛮なのかと』

『それで、何をお望みですか？』

『この「陸軍刑法」を君に教えたのは、日本人だと思うが？』

『サイパン戦で、降伏してきた小田切という日本軍の将校です』

『法律に詳しいのか？』

『兵役につく前は、法律を学んでいたそうです』

『今後は、私の所で、日本兵と法律について、いろいろと教えて貰いたい。しかし、強制も出来ないから、向こうの希望を聞いてきて貰いたい』

　と、副官は、いいました。

　私は、サイパンに戻ると、小田切中尉に、話を伝えました。彼は、明らかに、当惑した表情で、

『断われませんか？』

　と、ききます。

『断われるが、向こうは、その理由を知りたがるだろうね』

『参ったな』

『君は、何が希望なんだね？』

『出来れば、日本とアメリカの間を、自由に往来したいが、無理でしょうね。私は、アメリカ軍の捕虜なんだから』

『無理だね』

と、私は、いってから、

『日本は、間もなく敗北する』

『分かっています』

『そうなると、マッカーサー大将が、連合国軍総司令官として日本占領に当たる。君が、大将と、親しくなっていたら、かなり自由に動ける可能性がある』

『それなら、会ってみたいですね』

と、小田切中尉は、いいました。

私は、小田切中尉を連れて、ホイットニー准将に会いに行きました。

私は、前もって、小田切中尉の希望を、ホイットニーに伝えておきました。駄目なら駄目といって欲しいといったのだが、とにかく、話したいというのが、ホイットニーの答えでした。

　ホイットニーは、小田切中尉の顔を見るなり、軍人の性急さで、

『君の希望は聞いた。そこで、質問したい。来年中に、日本は敗北し、占領される。どうやったら日本占領は成功すると思うかね？』

　と、ききました。

『アメリカがやれば成功します』

　と、小田切中尉が答えました。

　ホイットニーは、渋面《じゅうめん》を作って、

『私に、おもねっているのかね？』

『違います』

『じゃあ、どんな理由だ？』

『日本人が、もともと、アメリカとアメリカ人が好きだからです』

『しかし、生きるか死ぬかの戦いの最中だぞ』

『その通りですが、私の知っている若手の将校は、アメリカ兵を憎めなくて困る

といっています。彼は太平洋戦争が始まるまで、アメリカ映画の西部劇の熱烈なファンでした』

『しかし、今は、アメリカの悪口をいってるんだろう?』

『そうですねえ。最近になって、鬼畜米英《きちくべいえい》とかいっていますが、どうも、いいにくいのですよ。それまでは、アメ公といっていましたが、これは悪口というより、愛称かもしれません』

『他の国について、君の見方は?』

『イギリスは、古めかしい。支那《しな》は戦闘で負けていない。ソビエトは、鈍重《どんじゅう》で何を考えているのか分からない』

『明日から、日本占領となっても、君の答えは変わらないか?』

『大丈夫です』

『君自身は、アメリカを、どう思っているんだ?』

『ベースボールが好きです。日本兵が、休憩に運動をするとしたら、ベースボールが、一番じゃありませんか』

『面白い』

と、急に、ホイットニーが、笑って、

『実は、マッカーサー大将から、昨日、宿題を与えられてね。あの人は、宿題を出すのが、好きなんだ。日本占領が間近になったが、これは、成功するかどうか。これが宿題なんだ』

『それで、小田切中尉の答えが、グッドですか？』

と、私が、ききました。

『とにかく、マッカーサー大将が、喜ぶ答えだ』

と、ホイットニーが答えてから、

『君の希望は、アメリカと日本の間を、自由に往来できることだそうだな？』

と、小田切中尉を、見ました。

『そうです。難しいことは、分かっています』

『いや、別に難しいことじゃないよ。私が推薦状を書く。オダギリ中尉は、日米双方のために多大の貢献をした。今後も、両国のために働くには、アメリカ国籍が、必要であるという推薦状だ』

『それで大丈夫ですか？』

と、私が、きくと、

『マッカーサー大将のサインも私は貰ってやる。今アメリカで、一番人気のある将軍は、アイクかマックだからね』

『何日かかりますか？』

と、小田切中尉が、ききました。

『三日間だね』

『その間、どうするね？』

と、私が、きくと、小田切中尉は、

『捕虜収容所を見せて貰いたいです。どうしても、捕虜になった日本兵のことが、気になりますから』

と、いいました〉

結局、サイパン攻略作戦で、米軍は、四千人を超す、捕虜を、捕らえた。今までの島嶼戦に比べて、格段の多さだった。

この件について、米軍情報部が、検討会議を開き、ヒッコリー大尉も出席した。

この時点で、日本を降伏させるには、米国大統領のトルーマンも、太平洋に展開している陸軍のマッカーサー将軍も、海軍のキング提督も、日本本土への上陸作戦が、必要と考えていた。それが、対日侵攻作戦「ダウンフォール」であり、その中心が、「コロネット作戦」である。

その作戦の本州侵攻の前に、九州侵攻の「オリンピック作戦」が必要である。アメリカらしく、各作戦について、細かい検討が加えられているのだが、上陸後、日本のインフラが果たして利用できるかどうかも検討され、次の結論を出している。

「日本の鉄道は狭軌《きょうき》で、アメリカの鉄道規格には合わず、道路もまた、大都市はまだしも、地方では、幹線道路ですら、ほとんどが、大きく重いアメリカ製輸送車両にとって、狭隘《きょうあい》で、路面も脆弱《ぜいじゃく》であり、重車両や巨大コンボイ（輸送車列）の頻繁《ひんぱん》な往来には耐えられないものが多いと予想される。故《ゆえ》にこれらの交通関連インフラを、アメリカ軍が占領後の兵站《へいたん》に頻用《ひんよう》しようとした場合、工兵を総動員して大幅な改善、改修を加える必要があると考えられるが、経済的に考えれば、いっそのこと、まず全てをぶち壊して、日本軍を移動できないようにしておき、占領後、必要なもの（あるいは場所）に限って、改めて、再構築するスクラップ・アンド・ビルドの手法を採用すべきである」

他にも、「コロネット作戦」に、動員される兵力についても、細かく計算されていた。

『コロネット作戦（本土侵攻作戦）陸軍動員計画表』

①Yデイ（実行日）　五四万二三三〇

東軍（千葉《ちば》方面）　地上戦闘　一五万三七八二

戦務　七万三一七七

航空　一万四三六七

合計　二四万一三二六

西軍（相模湾《さがみ》）　地上戦闘　二〇万三四三四

戦務　八万八六五六

航空　八九一四
合計　三〇万一〇〇四
②Yデイの三〇日後に投入　三九万七八一七
③Yデイの三五日後に投入　七万四一八六
④短期支援　八万一〇〇二
⑤後方梯団《ていだん》　七万六三一一
コロネット作戦総計　一一七万一六四六
（機甲師団
各種車両）　一九万五〇〇〇
（航空機）　六〇〇〇

アメリカがもっとも気にするのは、損害予測である。
一番悲観的に考えたのが、統合参謀本部議長のレーヒ提督（大将）で、全ての上陸作戦で、二十七万名の死傷者と計算した。逆に、もっとも少なく考えたのは、マッカーサー大将で、その数は五万名だった。

ここにきて、さらに、死傷者の数が減るのではないかと予測する声が出た。その理由は、サイパン戦から、急に日本兵（一般市民を含めて）の投降数が急増したからである。

（日本兵の間に、厭戦《えんせん》気分が広がっているのではないか）

と、見たのである。

そこで、急遽検討会議が開かれ、サイパンに作られた捕虜収容所長のヒッコリー大尉の証言が求められたのである。

ヒッコリー大尉は、二つの証言をした。

「私は、情報将校として、サイパン戦で捕虜になった日本兵と、日本市民に対して、尋問し、証言を集めました。その結論として、日本兵の間には、厭戦気分が広がっていることは間違いありません。その原因は、食糧不足です。もともと、日本という国は、米も小麦も、ゴムも、石油も、鉄も、全て不足しているので、外国から輸入していたのです。開戦になっても、全《まった》く同じです。最初は世界第三位の輸送船団を使って、東南アジアから、食糧などを、日本本土へ運んでいました。ところが、我が国の潜水艦隊に、次々に、輸送船を沈められて船舶不足が起き、たちまち、日本本土は食糧難に陥って配給は減らされています。また、太平洋のいくつかの島に、日本兵が守備隊として、送られていますが、船舶不足から、動くことも出来ず、食糧の供給も途絶えて、間もなく飢餓《きが》が始まると予想されます。いや、太平洋上の孤島にいる日本守備隊では、すでに、部隊の四分の一が飢《う》え死《じに》しているともいわれています。これでは、戦意の高揚《こうよう》が生まれる筈《はず》がなく、今申し上げたように、日本兵は間違いなく戦意を失いつつあります。

次に、申しあげたいのは、日本兵に対して、降伏をすすめる方法です。今、私は、日本兵の戦意が、明らかに落ちていると、いいました。これは事実ですから、日本兵の説得も、それに合った効果のある方法にしたいと思うのです。考えてみますと、われわれは、開戦以来、日本兵を降伏させる方法が分からず、いたずらに感情に訴えたりすることぐらいしか出来ませんでした。真正面から、説得することが出来なかったのです。私は、日本には、兵士に降伏を許すような法律がないからだと、思っていました。法律の助けがないので、死ぬまで戦おうとするのだと考えていました。それだけ野蛮な国、野蛮な軍隊だと。

それは、大変な誤解でした。今日、皆さんにお配りしたのは、日本の『陸軍刑法』の英語訳です。これは、すでにマッカーサー大将の副官には、差し上げました。これを読んで下されば、日本兵が、やむを得ない場合は、降伏することを、法律で許されていることが、わかります。サイパン戦で、捕虜になった小田切中尉が私との話し合いの中で、見せてくれたのです。彼は、いつか、自分を守ってくれるものとして『陸軍刑法』を、戦場でも、持ち歩いていたというのです。良い法律というのは、そういうものです。正しい人間を守り、正しからざる人間は罰する。この、日本の『陸軍刑法』は、その通りの法律です。

この法律を使えば、死にたくない、生きたいと願う日本兵を助けることが出来ます。しかも、自分の国の法律であることを知れば、日本兵を勇気づけるでしょう。

私は、繰り返しますが、自決以外に行く道がないと絶望している日本兵を、助ける魔法の杖《つえ》を、手に入れたのです。今後も、何回生死をかける戦闘が続くか分かりませんが、この『陸軍刑法』を、多量に印刷し、日本軍陣地に撒《ま》くことによって、戦闘の時間は減り、投降日本兵の数が増えることを期待しています。すでに、分かりやすく、絵入りにしたものが、印刷に廻されています」

〝小田切中尉の今の情況をきかれたヒッコリー大尉は、こう答えました。

『彼は、頭脳明晰《めいせき》で、英語も堪能なので、捕虜としてではなく、一人の秀《すぐ》れた将校として、米軍のために働いてくれる約束をしています』

しかし、小田切中尉が、捕虜収容所を見て廻りたいという希望を持っていることはヒッコリーはいわなかったのです。小田切が、なぜ、そのことを熱心に口にするのか、分からなかったからでした〟

第五章　捜査の続き

1

　ヒッコリー大尉の証言は、なおも続いていた。

〈私にとって、捕虜となった、日本軍の兵士の行動や考え方は、実に不可思議でした。

　アメリカ軍の攻撃に対して、あれほど頑強《がんきょう》に抵抗してきた日本軍の兵士たちがひとたびアメリカ軍の捕虜になるや、どうして、われわれに対して、あんなにも素直に、協力的に、なってしまうのだろうか？　彼らは、味方の作戦や大事な秘密まで、求められるままに、ペラペラと喋《しゃべ》ってしまうのです。

最初、私には、それが、あまりにも不思議でした。逆に、嘘をついて、われわれを欺《だま》して、罠《わな》にはめようとしているのだろうと疑ったりしました。ところが、全て事実だったのです。そして、次第にその理由が分かってきました。

日本兵は一つの権力に長く服従し、その権力を批判する方法を、見つけることができなかったのです。だから、アメリカ軍の捕虜になると、これまで自分が服従してきた日本軍の権力以上の大きな権力があることを知ったのでしょう。従って捕虜たちはただ単に、アメリカ軍という新しい権力に対して、服従しているだけなのです。簡単なことでした。

日本軍の捕虜たちが、アメリカ軍に積極的に協力しているのは、この戦争に反対しているわけでもなく、アメリカのことが、好きなわけでもないのです。ただ単に、アメリカ軍という新しい権力に対して、服従しているだけに過ぎない。私にもそのことが、やっと分かってきました。

現在、サイパン島、グアム島、テニアン島の三つの島には、それぞれ一ヶ所ずつ捕虜収容所が作られています。その一つ一つに、ほぼ千名の日本兵捕虜が、収容されていますが、その中でも新しい権力が生まれていると、私は聞きました。三つの捕虜収容所の中に、捕虜たちを、支配する新しいボスが生まれているのです。もちろん日本人のボスでした。

ボスたちは、三つの収容所のどこでも、同じような行動を取っていました。すなわち、ボスは、数人の子分を作り、その子分を使って、暴力にものをいわせて、その収容所を、支配しているのです。

私が不思議に思うのは、一つの収容所には、千名もの捕虜が、収容されているのに、それぞれの収容所を暴力で支配しようとしているボスに対して、反抗する勢力が、生まれないことでした。収容所の捕虜たちは、ボスやその子分の勝手な振る舞いに、ただ黙って従い、見守って、いるだけなのです。

ボスと子分が、いったい何をするのかといえば、われわれが、収容所内で食糧、菓子、あるいは、タバコなどの配給品をどのようにして配るかは、捕虜たちの自主裁量に任《まか》せているのですが、ボスと子分は、それを、一手に引き受けて、配り始めるのです。ボスと子分が勝手なやり方で配るのですが、それに対して、ほかの捕虜たちは、何の文句もいわないのです。

この様子を見ていて、はじめのうち私は、日本人という人種は、暴力が好きなのではないか？　暴力に従うことが、気持ちいいのではないか？　そんなふうに考えました。あまりにも無抵抗だからです。

ところが、突然、捕虜を代表して、何人かの捕虜がやって来て、所長にこんなことを訴えたのです。

『あのボスが横暴で、子分たちと一緒に、好き勝手なことをやっているので、困っている。何とかして欲しい』

そこで、所長が、

『ボスたちのやり方に、不満があるのなら、自分たちで、排斥《はいせき》運動をやったらいいんじゃないか？』

と、いうと、

『いや、それはできない。ボスや子分たちに逆《さか》らうことは、できない。下手《へた》をすると殺される』

と、所長に対して頭を下げ、

『どうにかしてくれ』

といって、頼むばかりなのです。

仕方がないので、所長は、ボスと子分たちを別に作った建物に、隔離《かくり》することにしました。そうすると、しばらくの間、収容所内は民主的な、運営が行なわれるのですが、そのうちに、残った捕虜たちの間から、また新しいボスが生まれて、そのボスがまた、子分を作って、前と全《まった》く同じように、収容所を支配しようとするのです。つまり、同じことの繰り返しなのです。

そこで、所長は一計を案じて、そのボスや子分たちの写真を撮《と》って、マークすることにしました。そうしないと、ボスと子分たちは収容所を支配し、われわれに代わって、収容所を自分たちのものにしてしまう恐れがあったからです。

ボスも、所長と私に対しては、従順でした。

所長――日本人ボス――一般の捕虜という序列が、たちまち、出来てしまうのです。

一方、小田切元中尉は、前々から、サイパン、グアム、テニアンにできた三つの捕虜収容所について詳しいことを、知りたいといって、アメリカ行きを、しばらくの間、拒《こば》み続けていました。

そこで、私は、三つの収容所について、小田切の求める資料を出してやれば、アメリカ行きを、受け入れるのではないかと考えました。

私は、小田切を、私の部屋に呼んで、三つの収容所について、説明してから、ボスや子分たちの写真を、見せることにしました。

私は、ボスと子分たちのことに興味があったので、その点を同じ日本人の小田切にきいてみることにしました。

『君に、ぜひききたいことがあるのだが、日本には、昔から、こうしたボスや子分たちが生まれる素地《そじ》のようなものがあったのか？　日本社会は、人が集まって暮らすようになると、自然にボスが生まれ、そのボスが子分を作って、その場所を、支配しようとするんだろうか？』

『そうですね、日本人は、昔から侠客《きょうかく》とか、その子分が、活躍する話が大好きなんですよ。ちゃんとした政府に、支配されるのは、あまり好みませんが、ボスや子分たちに支配されるのは、それほど、悪い気がしないのではないでしょうか。何しろ、昔からの、そういう歴史があって、ボスに命令される方が気楽なんです』

と、小田切が、いいます。

『なるほど』

私は、三つの捕虜収容所で、顔を利《き》かせているボスと子分の写真を、小田切に、見せました。

その中の一つの収容所のボスの写真に、小田切は、なぜか、強く反応しました。真剣な表情で、小田切は、じっと、その男の写真を見つめていましたが、

『このボスの写真ですが、ここに桃太郎《ももたろう》と、書いてありますね？　本当に、桃太郎という、名前なんですか？』

『ああ、そうだ。この男は、自分の名前は、桃太郎だ。生まれた時からの、本当の名前だと、そういっていたからね』

『桃太郎というのは、日本人なら誰でも知っている、有名な、おとぎ話の主人公の名前ですよ』

小田切は笑い、このボスに会いたいといいます。

『残念ながら、このボスは、現在、収容所にはいない』

と、私は、いいました。

『どうして、いないんですか？　ここに、桃太郎は収容所内のボスであって、三人の子分を持っていると、書いてありますが』

『この写真を、撮った時は、そうだったが、現在、彼がいるのは、収容所ではなくて、アメリカの太平洋艦隊の旗艦ミズーリ号の上だ』

『どうしてミズーリ号に？』

『実は、この桃太郎が、自分は以前、陸軍の参謀本部に、いたことがある。その時、本土防衛の計画書を、見たこともある。その詳《くわ》しいことを、アメリカの、太平洋艦隊の司令官、あるいは、将来、日本本土に、上陸する司令官に伝えたい。そういうので、事実だと考え、急遽《きゅうきょ》太平洋艦隊の旗艦ミズーリ号に、彼を、送ったんだ。そこで、今頃は、マッカーサーの副官なんかに自分の知っていること、見聞きしてきたことなどを、話しているんじゃないかと、思う』

と、私は、いいました。

『それは本当の話なんですか？』

『アメリカ軍は、日本を、完全に屈服させるためには、日本本土に、上陸して完全な勝利を得る必要があると考えている。ただし、日本本土に上陸して戦うと、どうしても、多くの死傷者を出してしまう恐れがある。その死傷者を、少しでも少なくするためには、日本の本土を防衛している、日本陸軍や海軍の実情を知る必要がある。この桃太郎という収容所のボスが、元参謀本部にいて、位《くらい》は少将だといっていたから、彼から、話を聞くことを、上の方で考えたのだよ。もし、彼から、本土防衛に関する、得難《えがた》い情報を得ることができれば、本土決戦になったとしても、損害を、最小限に食い止めることができると、思うからね』

『もう一度確認しますが、この、桃太郎というボスは、参謀本部にいたことがあると、いっているんですね？』

『たしかに、そう、いっていたよ。参謀本部に、何年間かいて、その時、本土防衛のための計画を、練《ね》ったことがあるといっていた』

『いや、それは嘘ですね。全く信用できない話です』

と、小田切が、いいました。

『ということは、桃太郎が、嘘をついているというのかね？』

『ええ、そうです』

『君は、どうして、そう、思うのかね？』

『実は、この男に見覚えがあるんです。私は、サイパン守備隊にいたんですが、その戦いに敗れ、アメリカ軍の捕虜になっています。その時、サイパン防衛司令官の副官を、務めていた中尉がいたんですが、その中尉は、間違いなく、この男でしたよ。ただし、名前は、桃太郎じゃありませんでした。別の名前でした。それに、参謀本部にいたという話は、全く、聞いたことがありません。たぶん、アメリカに、自分を高く売ろうとして、嘘を、ついているんじゃないかと思いますね』

と、小田切が、いいました。

『なるほど、そういうことか。それなら、君のいう通り、彼が嘘をついているのかもしれないね』

『私が収容所を見に行くことは、捕虜たちにも、話したんですか？』

今度は、小田切がききました。

『話したよ。私は、小田切のことを、信用しているから』

『捕虜たちに、どうして、私のことを、話したんですか？』

『今もいったように、私は、小田切を、信用している。が、私には、日本人捕虜の本当の気持ちというのは、残念ながら、分からない。だから、君が収容所に行って、いろいろと捕虜たちの希望を聞いて、それを、私に話してくれれば、今後の収容所の運営が、楽になるから、それで、捕虜たちに、君のことを、話したのだよ』

『この桃太郎という捕虜が、以前、参謀本部にいたことがあるとか、あるいは、本土決戦のシナリオを、知っていると嘘をつき、現在、ミズーリ号であることないこと喋っているとしたら、それは多分、私のせいではないかと思います』

と、小田切が、いいました。

『どうして、君のせいだと、思うのか？』

『何回もいいましたように、私はサイパン島でその防衛に、当たっていました。その時、やたらに威張る将校がいました。島崎という名前の中尉で部下の兵士たちを、いじめることが大好きで、まるでそれを趣味にしているような男でした。島崎中尉は、日頃から、さしたる理由もないのに、兵士たちのことをよく殴ったり、蹴《け》ったりしていました。私は、この島崎中尉が意味もなく、一般市民を殺したところも見ているんです。あなたが、私のことを、喋ったので、彼は、慌てて収容所を、脱出したのではないかと思いますね。そんなことで、彼が知っている本土決戦の計画というのは、当てにならないかもしれませんよ』

と、小田切が、いいました。

私は、慌てて、太平洋艦隊の、司令部に電話をかけて、

『桃太郎という元日本軍の将校が、今、そちらで、何を喋っているかは分からないが、彼のいうことを、あまり、信用しないようにしたほうがいい』

と、告げました。

それに対して、

『そちらから来た、元日本の陸軍将校だという桃太郎の報告は、全て、正しくて詳しいと思われるので、われわれは、彼の証言が今後の攻撃に、役立つと確信している。したがって、彼には、こちらにいてもらって、さらに詳しい、日本軍の実情について話を、聞きたいと思っている』

電話で聞いた内容を私は、小田切に伝えました。

『現在、捕虜収容所に、収容されている捕虜の中で、いちばん階級の高い将校は、どこまでですか？』

と、小田切が、ききました。

『たしか、陸軍少将が、最高だったと思うね。彼は、ある島の防衛司令官で、その島での戦いが、終わった後に捕虜になったのだが、一時、戦死したとの噂《うわさ》が、流れてね。今でも、日本本土には、それを信じている人が、いるはずだ。負傷して、われわれの捕虜になったのだが、今もいったように、日本本土には、戦死と伝えられているかもしれない』

『その陸軍少将ですが、現在、どの、収容所にいますか？』

『第三収容所にいるよ。桃太郎という将校がいるところと、同じ収容所だよ』

と、私は、いいました。

『ぜひ、その陸軍少将に、会わせてもらえませんか？』

と、小田切が、いいます。

私は、その陸軍少将に、小田切を、会わせることにしたが、本名についてはいわないようにと、小田切にクギを刺しておきました。陸軍少将のほうは、自分が現在、アメリカ軍の捕虜になっていることを、知られたくないといっていたからです。

収容所の中でも、彼は、ほかの、捕虜たちとは別格の扱いでしたが、日本の大本営の中では、死亡したことになっていました。

陸軍少将に会うと、

『あなたのことに興味があるわけではありません』

小田切は、まず最初に、相手に、いいました。

それで少しは、安心して、いろいろと、喋ってくれるのではないかと、小田切は、思ったのです。

『今、あなたが、収容されている第三収容所ですが、島崎という陸軍中尉がボスにおさまって、子分を使って、暴力的に収容所を支配していたそうですね？　その島崎という元陸軍中尉について、おききしたいのです。あなたは、彼とは、かなり、親しくされているんじゃありませんか？』

小田切が、きくと、相手は、強く、首を横に振って、

『いや、親しくしているわけではない。向こうが、勝手に、私に、近づいてきたんだ。今、君がいったように、第三収容所の中で、あの男は、暴力を使って、収容所の捕虜たちを、支配している。彼のいうことは、何でも聞く子分が、三人い

る。だから、ヘタに彼に逆らうと、毎日、二本ずつもらえたタバコが、もらえなくなってしまうのだ。そういうこともあるので、彼らのことを不満に感じても、収容所の中で、桃太郎に逆らう者は、誰一人としていないんだ』

『その島崎は、どんな目的があって、あなたに、近づいたんでしょうか?』

『決まっている。私は、ある島の防衛司令官を、やっていたが、その前には、参謀本部にいた。その頃の参謀本部の様子とか本土決戦の防衛計画について、知りたかったんだと思うね。彼は、私に近づいてきてその話をやたら聞きたがっていたからね』

『それで、あなたは、彼に、参謀本部にいた頃の話とか、本土決戦のことを話したんですか?』

『私は、できれば、あんなヤツとは、話したくはなかった。しかし、あいつは暴力を使って収容所を、支配している。彼に逆らえば、タバコの配給は、なくなってしまうし、酒も飲めなくなる。そうなってしまっては困るんだ。それにどうせ、私は、日本に帰ることができないと思っていたから、あいつにどんどん喋ってやったんだ』

『それで、どんなことを、話されたんですか？』

『陸軍や海軍の上層部が、本土決戦について、どう考えているかとか、参謀本部の中は、今どんな様子に、なっているのかとか。なぜか、知らないが、あいつは、そういう話を、やたらに知りたがっていて、一生懸命に聞いていたね。それにしても、あいつは、どうしてそんなことを、知りたがったんだ？』

『それは全て、自分をアメリカ軍に高く売りつけたいからですよ。アメリカは今、本土決戦の防衛計画についての知識を、欲しがっています。アメリカ軍が日本の本土に、上陸すれば、莫大《ばくだい》な数の死傷者が生じます。アメリカ軍は、その死傷者の数をできるだけ、少なくしたいわけですから、当然、あなたの話を、聞きたがるに違いないのです』

『しかし、私に、アメリカ軍の、収容所長が話を聞きに来たことなど、今までに、一度もないよ。もし、アメリカ軍が、今君がいったような情報を、欲しがっているのならば、私のところに、直接、話を聞きにくるんじゃないのかね？』

『たしかに。ただ、あなたがいろいろと話したことを、この桃太郎という陸軍中尉は、自分の知識として、アメリカ軍に、売り込んでいる。アメリカ軍としては、あなたに、話を聞く必要はないわけですよ』
『そいつはけしからんな』

『ええ。けしからんヤツなんですよ。彼は今、日本の本土決戦に関する方針とか、武器の、保有状況とか、陣地の構築がどうなっているかについてとか、まるで自分が、知識を持っていたかのように、アメリカ軍に、話をしている筈です』
と、小田切が、いいました〉

2

ヒッコリー大尉の証言は続く。
〈その桃太郎と自称する、日本人将校の捕虜は、なかなか帰ってこなかったのです。
私がもう一度、問い合わせると、
『桃太郎という男の、証言は、アメリカ軍が本土侵攻の作戦を、立てるために大変役に立つと思われるので、しばらくの間は、こちらに置いて、彼の話を聞くつもりである』

と、相手が、いいます。

その返事をそのまま、私は、小田切に、伝えました。

小田切は急に、今までの、態度を改め、自分から進んでアメリカに行き、向こうで証言すると、いい出したのです。

そこで私は、小田切に、渡米の手続きを取り、二日後には、アメリカ軍の飛行機で、小田切はアメリカ本土に渡っていきました。

小田切は、アメリカでは、『陸軍刑法』について説明し、日本陸軍が、決して、野蛮な集まりではないと主張するでしょう。

ただ、本当の目的は、わかりません。

その後まもなくして、太平洋戦争が終わりました。

私は、ひとまず、アメリカ本土に凱旋《がいせん》しましたが、戦争中に行なった日本人に対する研究とか、日本に進駐した時の経験を生かして、しばしば日本に旅行し、やがて、日米の間を取り持つような商売を始めました。詳しくいえば、日米間の通訳の会社を、設立したのです。

その仕事に協力してもらうため、小田切とは、アメリカで会い、日本でも、何回となく、会うことになりました。

私が予想していた通り、小田切はアメリカでも事業に成功していて、アメリカ国籍を取得し、また小田切の名前で、日本の大学でも講義をするようになっていて、合わせて日本の国籍も、まだ持っているのが分かりました。

もう一人の、日本人捕虜、自称、桃太郎のほうは、その後どうなったか分かりませんでした。

ただ、私が知る限りでは、日本に帰ってから会社を興《おこ》して事業を始め、成功したという話を、聞いてはいましたが、これは、単なる噂にすぎず、たしかな、話ではありません。

桃太郎の消息については、その後、小田切に何度もしつこく、きかれたのですが、私は、この人物についての詳しい話は何もできなかったのです。

なぜ、小田切が、この日本人捕虜について、執拗《しつよう》に調べているのかは、私は、知らなかったし、私自身知りたいとも思いませんでした〉

3

十津川は、少しずつ、真相に近づいていっていることを感じていた。

事件のはじまりは、おそらくサイパンの戦闘中に、起きていたのだろう。

十津川は勝手に、想像をふくらませた。小田切教授は、戦時中、小田切中尉として、サイパン防衛の日本軍の中にいた。

小田切は子供の頃、アメリカで、生活したことがあるので当時の日本国民が持っていた「鬼畜米英」のような気持ちは持っていなかった。

東條陸相が示した、「生きて虜囚の辱めを受けず」という有名な言葉でよく知られる『戦陣訓』についても批判的な考えを持ち、それに、法律的に対抗できるものとして小田切は『陸軍刑法』の中に、降伏を認める条文を、見つけ出し、もし、どうしても降伏しなければならないような事態に追い込まれた時には、進んで降伏することも許されると考えていたのだろう。

サイパン島の戦いは、それまでのアッツ島、ニューギニアの島々での戦いとは、全く違うものになった。サイパン島には、多数の民間人がいたからである。

しかし、サイパン島の戦いでも、サイパン防衛の司令官も若手の将校たちも、それまでの島の戦いと同じように、最後には、玉砕することを考えていた。

小田切は、それに反対した。サイパン島では、何万人もの民間人が、戦争に巻き込まれる恐れがあった。小田切にいわせれば、それは戦死する必要のない人たち、玉砕などする必要のない人たちなのである。

小田切自身も、最後に、玉砕するという考えは全く持っていなかったのだろう。アメリカ軍と必死になって戦い、傷つき疲れ切った時には、無理をして最後まで戦う必要はないのではないか？　自決などすることなく、アメリカ軍に降伏してもいいのではないか？

その根拠を、小田切は『陸軍刑法』に求めていた。明らかに『陸軍刑法』には「刀折れ、矢尽きた場合には、降伏しても構わない」と規定されている。

日本軍はサイパン島の北の洞窟に追いつめられた。そこには、傷つき、もう戦うことのできない兵士たちと、死ななくてもいい民間人などがいることを知って、小田切は、斎藤司令官に、降伏を勧めた。

しかし、結局、司令官斎藤中将は、小田切の言葉を受け入れることなく、自決してしまった。

その時、小田切は、そこにいた民間人に向かって、

「あなたたちが自決する必要はない。アメリカ軍に降伏すべきだ。今すぐ、この洞窟から出るんだ」

と、いって、彼らを連れて、洞窟から飛び出そうとした。

その時、降伏に反対する若手の将校が、罵声《ばせい》を浴びせながら、拳銃を撃ちまくったために、何人もの民間人が、そこで死んでしまったのである。

小田切は、戦争が終わっても、そのことを忘れることができなかった。

その時、拳銃を乱射して、何人もの民間人を殺したのは島崎修一郎中尉だと、小田切は確信していた。

小田切はアメリカの国籍を取得し、ジョン・ヘンドリーというアメリカの名前も持っていた。そして、二つの名前を利用して、アメリカと日本の間を往復して、島崎修一郎元陸軍中尉を捜し出そうとしていたのだろう。

サイパンの捕虜収容所で、小田切は、アメリカ軍に投降しようとした民間人を

射殺した島崎中尉が、自らは、あっさりとアメリカ軍に降伏して捕虜となったことを知ったに違いない。

島崎中尉は、降伏しただけではなくて、捕虜となって捕虜収容所の中にいた時、暴力を使って、収容所内のボスになっていた。たまたま、その収容所に、陸軍少将で、参謀本部に勤務した経験を持つ人物が収容されていることを知り、彼に近づき彼から聞き出した情報をあたかも自分自身の経験に基づく知識であるかのように話して、アメリカ軍に、自分を高く売り込んだのである。

そのことが、功《こう》を奏《そう》したのか、アメリカ軍から重視された島崎修一郎は、いつのまにかアメリカの捕虜収容所から姿を消してしまい、行方《ゆくえ》が、分からなくなった。おそらく、そのまま、日本の本土に送られて釈放されたのだろう。

そうした島崎の全てが、小田切には許せなかったに違いない。

そこで、彼は一九六〇年、ジョン・ヘンドリーとして来日し、野尻湖の国際村に泊まり込んで、そこに島崎修一郎を呼び出して殺したのではないだろうか？

そう考えると、今回の、殺人事件の動機がはっきり分かるし、辻褄《つじつま》が、合ってくるのである。

これは、あくまでも、十津川の想像である。彼としては、ぜひもう一度、小田切に会って、彼の口から、真相を聞いてみたかった。

このストーリーの一部は、小田切が、戦友の話として、十津川に伝えてくれたが、それは途中で、終わってしまっている。従って、何としてでも、全てを、小田切の口から聞きたいのである。

そのための捜査を、これから県警の刑事と協力してやっていきたいと、十津川は、思っていた。

4

十津川警部は、長野県警本部に行き、この事件のことを調べている笹野警部に、また、会うことにした。

十津川はまず、笹野に、今までに調べて分かっていることを全て話した。

笹野は、いちいち、大きくうなずきながら聞いていたが、

「よく分かりました。これで、五十年来、迷宮入りになっていた殺人事件の真相が、ようやく、見えてきそうな気がしてきました。十津川さんの話は、おそらく、本当でしょう。あとは証拠だけですね」

と、いった。

「たしかに、事件の解決は、近いだろうと、私も期待しているんですが、気持ちとしては、小田切先生に、出てきてもらって、彼自身の口から、本当のことを聞くことができれば、それがいちばんいいと、思っているんです」

と、十津川は、いった。

「そうですね。証拠を見つけることも大事ですが、本人から証言を得られるのがいちばんですよ。その可能性はあるんですか？」

と、笹野が、きく。

「正直いって、可能性があるともないとも、いえません。小田切先生は、何しろ、私の大学時代の恩師ですから、居所《いどころ》が分かったら、すぐにでも、連絡するつもりです」

「しかし、五十年前の事件といっても殺人事件ですからね。はたして、小田切さんが十津川さんの前に現われて、本当のことを、証言してくれるかどうか、疑問ですね」

と、笹野がいう。

（たしかに、笹野警部のいう通りだ。小田切先生が見つかっても、本当のことを、話してくれないかもしれない）

十津川もそれが、不安だった。

「現在の小田切先生の行方が分かりません。引き続いて一生懸命、捜しますが、その間、五十年前に殺された、島崎修一郎という男についても調べてみたいと思っています。事件当時、家族からの連絡はなかったと、聞いたのですが、この男のことは、県警は、どの程度分かっているんですか？」

「正直に申し上げると、島崎修一郎という被害者については、いろいろと調べてみたのですが、どうもはっきりしないのですよ」

「はっきりしないというのは、どういうことですか？」

「私の先輩の、親しい警部が、かつて、この事件を、担当していました。この警部は、すでに定年退職しているので、彼から聞いた話として、理解しているわけです」

「なるほど。それで？」

「野尻湖の湖面で、被害者が発見されてから一週間ほどして、一人の女性が、遺体を引き取りに来たそうです。最初、警察は、その彼女を、被害者の妻だろうと、思っていました。ところが、話を聞いてみると、自分は昭和三十年頃、東京の新橋《しんばし》でクラブを経営していた。被害者は、その頃の、常連客の一人だったというのですよ。それで、どうして、野尻湖まで、遺体を引き取りに来たのかときくと、被害者とは、一時、結婚していたことがあり、殺された島崎修一郎という人は、その後は、再婚していないので現在も、独身だ。誰も、遺体を引き取る人がいないので、自分が来たと、いうのですよ。ですから、離婚後の島崎修一郎については、ほとんど、何も知らないということでした。マスコミにも、この話は、発表されなかったようです。その時の報告書は、今でも、県警本部に残っています。その写しを持ってきたので、目を通してください」

笹野は、一通の書類を取り出し、それを、十津川に渡した。

そこには、こう書いてあった。

〈一時、被害者と結婚していたという女性がやってきた。名前は星野洋子《ほしのようこ》である。詳しくきくと、彼女は、若い時に一度、島崎修一郎と結婚したが、彼の度《たび》重なる暴力に我慢できず、一年後に離婚したという。

その後、東京を離れ、大阪のミナミで、同じように、クラブのママをやったりしていたが、やはり生まれた所がなつかしくて、東京に戻ると、八王子《はちおうじ》で、店を持った。

島崎は、それを知って、時々飲みに来るようになった。前より、いい仕事が見つかったのか、羽ぶりが良かった。その男が、旅行先の野尻湖で、死んだ、いや殺されたと、新聞にのった。それなのに、誰も遺体を引き取りに行かないという。そこで、自分が行くことにした。店の常連客だったし、わずか一年間だが、正式に結婚し、夫婦として一緒に暮らしている。どうしても引き取り手がなければ、お墓ぐらいは建ててもいいが、それ以上のことを、するつもりはないと、星野洋子は、いう。

戦争に行って、苦労したらしいという話もある。陸大をトップで卒業し、一時、参謀本部で、本土決戦のための作戦計画を立案していたと自慢していたが、確証はない。さらに、アメリカ軍の捕虜になっていたという話も聞こえてくるが、これもまた、はっきりしなかった。

戦後は、闇物資を動かすブローカー的な仕事をして儲《もう》けたというが、これも確証はない。

たしかにブローカー仲間の間では、ボス的な存在だったが、どこの生まれだとか、今までどんなことをしてきたのかとか、あるいは、家族がどこにいるかというようなプライベートなことは、何もいわない男なので、信用できなかったと、ブローカー仲間は、誰もがいっている。

不思議なことに、島崎修一郎が、本名らしいが、ブローカー仲間では、なぜか自分は桃太郎だと名乗ることが多かったという。

桃太郎といえば、おとぎ話の主人公の名前だが、なぜ、島崎が、そのおとぎ話の主人公を、名乗っているのか、誰も知らなかった。

前科があるらしいとか、刑務所に入っていたことがあるらしいという噂も出ていた。そのことをきかれると、二年間入っていたよと、笑うのだが、必ずその時、殺しだけはしたことはないと言い添えていた。そのため、あの男は殺しの前科があるのではないかと疑う者が多かった。

ただ、そんな噂が生まれるところを見れば、島崎修一郎という男は、かなりの悪党で、何人もの人間から、恨《うら》まれていたことはたしからしい。

島崎修一郎は、酒に目がなくて、ブローカー仲間とよく飲みに行っていたが、その途中で、突然、おびえたような、表情になり、仲間がいい気分でいるのに、さっさと一人で家に帰ってしまうことが、しばしばあったという。おそらく、そのことも、島崎修一郎は、誰かに睨《にら》まれている、誰かに恨まれているに違いないといわれる理由だった。

おそらく、今回の殺人事件も、そうした彼の過去に、原因があるに違いない。

一度、同じ部隊にいたことがあるという、戦友の一人が、島崎修一郎を、訪ねてきたことがあった。博多《はかた》から来たという。島崎が留守だったので、彼は、近くの喫茶店に入ってコーヒーを飲みながら、島崎が、帰ってくるのを待っていた。

その時、カウンターの中にいた、喫茶店のオーナーと、戦友が、言葉を、交《か》わしていた。

その戦友（名前は土井明《どいあきら》）は、喫茶店のオーナーに向かって、

『島崎修一郎という男は、一言でいえば、悪党ですよ』

と、いって、笑ったという話を、今も、喫茶店のオーナーから聞くことが出来た。


土井明という戦友は、こんなことも話したという。

『自分たちは、戦時中サイパンの守備隊にいましたが、彼の場合、部下の評価は、最低でしたね』

『どうしてです？』

『口を開けば、精神訓話だからですよ。とにかく、死ぬ気で戦え。絶対勝つと信じろ。負けると思った時が負けなんだ、ですからね』

『島崎さんが、アメリカ軍の捕虜になったというのは、本当ですか？』

『どうして、知ってるんですか？』

『そんな噂を聞いたんです。どうなんですか？』

質問をぶつけると、土井明は、その通りだとも違うともいわず、こんな答え方をした。

『その質問を、彼は一番嫌《いや》がりますよ』

『しかし、戦後は、捕虜になったことは、別に、恥ずかしいことじゃなくなったんじゃありませんか？』

『そうです。自分もサイパンで、捕虜になっています。まあ、おかげで、こうして生きているんですがね』

『島崎さんは、違うんですか？』

『彼のもう一つの口癖《くちぐせ》をいいましょう。絶対に捕虜になるな。手榴弾《しゅりゅうだん》を用意しておけ。それがない時は、舌を嚙《か》み切って死ね、です』

『そのくせ、本人は、さっさと、捕虜になった？』

店のオーナーがきくと、土井は、『あはは』と笑って、

『さあ、どうでしたかねえ。何しろ、古い話ですから』

といい、

『もう彼も帰って来たんじゃないかな』

と呟《つぶや》いたあと、店を出て行ったという〉

「そこに書かれている土井明という、島崎の戦友ですが」

と笹野警部が、十津川に、いった。

「そこには書いてありませんが、当時の刑事が博多に行って、捜したんですが、すでに亡くなっていたそうです。自動車事故で」

「自動車事故ですか」

「もう一つ。当時土井明は、借金があって、彼に、金を貸していた人間に向かって、東京へ行って、金を作ってくるといったそうです。その言葉どおり、東京から帰ってくると、借金の百万円を、全額、返したそうです。今の金額でいえば、五、六百万円でしょうね」

と笹野は、いった。

第六章　日記と手紙

1

十津川は、自分の中でくすぶっている疑問を、長野県警の笹野警部にぶつけてみることにした。

「私は、軍人としての、戦争中の小田切中尉のことは、全《まった》く知りませんが、大学教授としての小田切先生のことであれば、よく、知っているつもりです。私が知っている小田切先生という人は、個人的な問題で怒りを覚えたからといって、感情的に、動くような、人ではありません。それは、小田切先生の教え子であれば、誰もが知っていることと思います。しかし、現在のところ、小田切先生といったらいいのか、あるいは、ジョン・ヘンドリーさんといったらいいのか分かりませんが、今から五十年以上も前の一九六〇年に、野尻湖で、島崎修一郎を殺したのではないかといわれています。あの小田切先生が、殺人を犯したというのが、正直にいって、私には、とうてい、信じられないのですが、今となっては、私も残念ながら、この事実を認めないわけにはいきません。小田切先生が島崎修一郎を殺したことは、まず間違いないでしょう。ただし」

と、いって、十津川は、一息ついた後、さらに、言葉を続けて、

「ただし、気になるのは、その殺人の動機なのです。今までのところ、サイパン島での戦闘の中で、島崎修一郎は、アメリカ軍に降伏しようとした一般市民を、撃ち殺したことが分かっています。そのくせ、島崎修一郎自身はといえば、アメリカ軍に降伏して、捕虜になってしまいました。小田切先生にとっては、どうしてもその島崎修一郎の行動が許せなくなって、戦後十五年経った一九六〇年に、島崎修一郎を殺したということに、なっています。殺人の動機として見ると、小田切先生の、島崎修一郎に対する、個人的な怒りになってしまって、どうにもその辺が、私には理解できないのです。単に個人的な怒りではなく、小田切先生に

は、島崎修一郎をどうしても許すことができなかった、あるいは、殺さなくてはならなかったほかの動機があったのではないかと、思っているのですが、笹野さんは、その点は、どう考えるのか、ご意見を聞かせてくれませんか」

「私は、自分が調べた限りでは、個人的な動機からの殺人だと見ています。別に私は、それがいいとも、悪いとも思っていません。ただ、十津川さんが、容疑者である小田切さんのことを、よく知っているのに対して、私は、小田切さんという人間のことは、よく知りませんから、その点は、何ともいえませんが、個人的な動機ではなかったとすると、十津川さんは、具体的に、どんな動機を考えておられるんですか？」

　と、逆に、笹野がきいてくる。

「小田切先生と島崎修一郎という二人の間には、太平洋戦争という共通の事件があります。そして、小田切先生、いや、これは戦争中の話ですから、小田切中尉と、呼ぶべきでしょうが、彼は、太平洋戦争の末期に、自決しようとしていた日本人を何とか助けようとして、アメリカ人のヒッコリー大尉に協力して、おそらく、戦争を一刻も早く止《や》めさせよう、戦争の犠牲者を、一人でも少なくしようと動いていたと思うのです。私は、その辺のところを、もう少し深く知りたいのですよ。そうすれば、殺人事件のことが、もっとよく分かってくると思うのです」

と、十津川が、いった。

「しかし、小田切さんというか、ジョン・ヘンドリーさんというか、まあ、この際、どちらでもいいのですが、今、彼とは、連絡が取れなくなっているわけでしょう？　今、どこにいるのかも分からないのですか？」

「そうです」

「十津川さんは、どうしたら、戦争中の小田切さんのことが分かるとお考えですか？」

「たしかになかなか連絡が、取れなくて、正直いって、困っています。そこで、私は、外務省にお願いをして、小田切先生に協力していたミスター・ヒッコリーに連絡を、取ってもらうことにしたんです。すでに、ヒッコリーさん自身は亡《な》くなっているでしょうが、おそらく、アメリカには、彼の息子さんなり、娘さんなりの遺族がいるはずです。その人たちに、ミスター・ヒッコリーと、小田切先生が協力して、具体的に、どんなことを、やっていたのか、そのことを、教えてもらいたいという内容の手紙を、外務省を通じて出してもらっているのです。回答が来れば、何か分かるかもしれません」

と、十津川が、いった。

2

十津川が、首を長くして待ち望んでいたヒッコリー大尉の遺族からの返事は、十津川が想像していたよりもずっと早く、外務省に到着した。ヒッコリーの娘だという女性が、十津川の問いかけに、メールで返事を送ってきたのである。

アメリカにいるヒッコリーの遺族である娘のほうも、亡くなった父親の業績について、誰かに、知ってもらいたいと、日頃から思っていたらしく、そこに、日本からの十津川の依頼が届いたので、すぐさま、メールで返信したのだろう。今まで溜《た》まっていた気持ちをそのまま、メールに託して、日本の外務省に送ってきたものと、十津川には、思われた。

もちろん、ヒッコリーの娘からのメールは、暗号で、書いてあるわけではなかったので、外務省では、すぐさま英文を翻訳《ほんやく》して、十津川の手元に、送られてきたのである。

外務省からは、ヒッコリーの娘からの返事とともに、当時のことが分かる、資料のコピーも、同封されていた。

十津川が、開封してみると、中身のほとんどがヒッコリー大尉の日記だった。当時のことがかなり克明に記《しる》されていた。

日記のほとんどは太平洋戦争中のもので、当のヒッコリーは、昭和二十七年まで、軍籍にあり、その後、退役している。したがって、送られてきたのは戦時中から、退役するまでの日記で、その後の日記は、見当たらなかった。

十津川は、翻訳されたその日記に目を通してから、長野県警の笹野警部にもコピーを送って、読んでもらうことにした。何か、捜査の参考に、なるかもしれないと、思ったからである。

ヒッコリーの日記からはっきりしたことは、次のようなものだった。

アメリカ課報《ちょうほう》機関は、太平洋戦争中に、日本軍の捕虜が異常に少ないことに、苛立《いらだ》ちを、見せていた。

第二次大戦の時、捕虜がもっとも多かったのはドイツで、九百四十五万一千人もの兵士が捕虜になっている。以下、捕虜の数で見ると、フランス、イタリア、アメリカ、イギリス、ポーランド、ユーゴスラビア、ソビエトなどの順となっているが、その中で、日本の捕虜はひじょうに数が少なくて、わずか、二十万八千人である。

日本兵は、投降して敵軍の捕虜になることを、この上ない屈辱的なことであり、あるいは、軍人としてあってはならないことと考えていて、捕虜になるくらいなら死んだほうが、ましだといって、自ら命を絶《た》ってしまうことが多かったからと、ヒッコリーは書いている。

このことが、アメリカ兵の損害を多くしていると、アメリカ軍の諜報機関は考え、日本兵の捕虜を何とか、多くしろと、前線司令部に、命じていた。

そこで、ヒッコリーは、小田切中尉と相談した。その時、小田切中尉が、ヒッコリーに勧《すす》めた言葉が、ヒッコリーの日記に、はっきりと書き留められていた。

もともと日本兵は、捕虜になることを恥だと考えていたわけではない。

明治時代の日露戦争では、日本がロシアに勝利したにもかかわらず、二千八十八人の捕虜を出している。しかも、当時は、捕虜になることを、将校も兵士も、別に恥だとは思っていなかった。

だから、日本兵の捕虜たちは戦争が終わると、釈放されたが、その時、一人も軍法会議にかけられては、いない。

なぜなら捕虜に対する考え方が昭和とは違っていて、当時のほうが、国際的だったからである。日清、日露、そして、第一次世界大戦の三つの戦争については、日本政府は国際法を遵守《じゅんしゅ》していたから、捕虜になることは、別に不名誉なことではないとしていたのである。

したがって、その頃は、たとえ、捕虜になった兵士であっても、捕虜になるまでの、年功が認められれば、金鵄勲章が授けられた場合もある。もし、捕虜になることが不名誉なことであれば、捕虜になった将兵に勲章が授けられるなどということは、まず、考えられないだろう。

それが、昭和になってから、突然、捕虜になることは、不名誉なことだという空気が、軍隊内はもちろん、日本国中に一気に広がっていったのである。

一番の影響は、東條陸相が示した「生きて虜囚の辱めを受けず」というあの有名な『戦陣訓』の教えが、浸透《しんとう》し、兵士たちの考え方をガラリと、変えてしまったからである。

なぜ恥なのか、なぜいけないかを教えず、ただ恥だと教え込んだのだ。

この悪名高い、『戦陣訓』が、兵士の考え方を変えてしまった後でも、ヒッコリー大尉と小田切中尉は、捕虜になることは恥ではなく、また、法律的にも許されていることを日本兵全体に教え込むことにした。これが浸透すれば、日本軍で自決する将兵も少なくなるだろうし、最後まで抵抗せずに、捕虜になろうとする将兵の数も、増えるはずと考えたのである。

そこで、アメリカの諜報機関は、二人の考え方を、取り上げて、日本兵を、自決から捕虜に導く方法を作り、それを、実際の戦闘で試すことになった。

この方法は、次の沖縄決戦で、試されることになった。

アメリカのトップも諜報機関も、沖縄決戦の次は、いよいよ、日本本土決戦になると考えて、すでに九州に上陸するオリンピック作戦、関東に上陸するコロネット作戦が、トルーマン大統領によって決定されていた。

しかし、九州侵攻のオリンピック作戦について予測すると、アメリカ兵の死傷者の数が五十万以上になってしまうことにトルーマン大統領は驚愕《きょうがく》し、何とか死傷者の数を減らすことを命令した。

そこで、改めて、ヒッコリー大尉と小田切中尉の研究、実施に大きな期待をかけることになった。

もし、二人が作った方法で、沖縄における日本軍の捕虜の数が、飛躍的に多くなれば、当然、アメリカ兵の死傷者の数は逆に少なくなるだろうと考えたのである。

沖縄決戦に備えて、ヒッコリー大尉と小田切中尉を、中心としたグループが、日本兵の捕虜の数を多くするための戦略を考え始めた。

その結果、導き出されたのが、心理的に日本兵を縛《しば》っている『戦陣訓』に対して、『陸軍刑法』を守れば、捕虜になることが、許されるという宣伝と、その実《じっ》践《せん》である。それを沖縄決戦で大々的に行なうことにした。

沖縄決戦では、それまで以上に諜報機関が活躍した。文語体の『陸軍刑法』を口語体に改め、特に必要となるキー・ワードを何十万部ものパンフレットに作り直して、それをばら撒《ま》いた。パンフレットは読み易《やす》いように、デザインされ、そのために、アメリカから、著名なデザイナーが呼ばれた。

兵士よりも、若手の将校に対して、マイクを使っての、降伏勧告を、何度も、執拗に繰り返すことにした。

「若手の将校たちが、投降する気持ちになれば、一般の兵士たちも、それに従うようになる」

と、小田切中尉が、ヒッコリー大尉に、進言したからである。

その結果、アッツ島では、わずかに二十九人、硫黄島でも二百九十人にすぎなかった日本兵の捕虜が、沖縄決戦では一気に、七千八百人と、大幅に、数を増やすこととなったのである。

この計画が進めば、次の本土決戦では、この数に、何倍もかけた数の捕虜が、出てくることをアメリカの諜報機関は期待した。

そのため、ヒッコリーと小田切が作ったグループは隊員が多くなり、通称、捕虜拡大作戦の名前も、次第に知られるようになっていった。

そこで、諜報機関は、これまで、アメリカ軍に対して協力的だった日本兵の捕虜をグループの中に、加えることにした。その中に、自称、桃太郎こと島崎修一郎も入っていた。

当時のヒッコリーの日記には、次のように書かれていた。

〈島崎修一郎をメンバーに加えるという、課報機関の計画について、小田切は、それほど強い調子ではなかったが、反対を表明した。

反対の理由について、小田切は、たった一言、

『島崎修一郎という人間は、以前から、仲間を裏切ることが多かった』

とだけ、いった。

しかし、課報機関の、上層部は、島崎修一郎が、アメリカの課報機関に、話したことは、日本軍の、かなり重要な秘密に関することが多かったので、それによって、アメリカ軍は、有利に戦うことができて、死傷者を少なくすることができたため、島崎修一郎のことを、極《きわ》めて高く評価していた。

課報機関の推挙《すいきょ》によって、われわれの、組織に、新しく、八十人の日本人将校の捕虜が加えられた。その中には、島崎修一郎も、含まれていた。

新しくグループのメンバーとなった八十人の捕虜たちは、アメリカ課報機関に対して、大変協力的だった。

私は、小田切中尉との、確執があるのではないかと考え、できるだけ、島崎修一郎と小田切中尉とは一緒に、行動させないようにしていた。

例えば、会議の時にも、同じ会議に二人を同席させることはせず、別々の会議に、振り分けるようにしていた〉

捕虜収容所の情報将校としてのヒッコリーの日記には、収容されている日本兵の様子が、書き込まれていたが、どの収容所でも、共通の問題が起きているとあった。

〈千名単位の収容所が、三ヶ所あったが、どの収容所でも共通した問題が起きていた。それは、暴力の支配である。収容所の中に、親分が生まれ、その親分は、五、六人の子分を作って、その収容所を支配するのである。それに対して、ほかの捕虜たちは、反抗することがない。インテリの捕虜も同じである。これは、日本人の特質なのだろうか。一見、捕虜による自治組織のように見えるが、全く違う。露骨な暴力で、支配するのだ。その典型的な人物が、島崎修一郎である。彼は、頭が切れるので、暴力と智慧《ちえ》で、収容所を簡単に支配するのである。

私は、彼に、アメリカへの協力者としての面だけを見て、暴力支配の面を知らずにいたのである。小田切中尉は、前から、それに気付いていたので、捕虜拡大運動に参加させるのに、反対していたようである。

沖縄決戦の最中、フィリピンのマニラ市内に、日本兵捕虜拡大作戦本部が、置かれた。私と小田切中尉も、沖縄からマニラに移動した。

私たちが、マニラに移って一ヶ月後に、部隊内で一つの事件が発生した。

私と小田切中尉、そしてもう一人、日系二世で通訳を、務《つと》めていた青年の三人が、就寝中に、何者かに、襲われたのである。

われわれを襲った相手は、数人のグループで、負傷した私と小田切中尉は、オーストラリア軍の、野戦病院に、通訳の青年は、現地マニラ市内の、病院に収容された。

三人とも、後頭部を、鈍器《どんき》のようなもので数回殴《なぐ》られたが、幸いなことに、傷は三人とも、それほど、深いものではなかった。それでも数日間の入院が必要となる傷を負わされたのである。

一週間ほどしてから、私のほうが、先に退院し、まだ入院中の小田切中尉を見舞いに行った。

『具合は、どうだ？　大丈夫か？　今回は、何ともひどい目に、遭《あ》ってしまったが、ひょっとすると、君には、われわれを、襲った犯人が誰なのか、分かっているんじゃないのか？　もし、分かっているというのなら、名前を教えてくれ』

と、私がいうと小田切中尉は、ベッドの中から、きっぱりとした声で、

『いや、いえません。誰が、われわれ三人を、襲ったのか、おおよその、想像はついていますが、はっきりとは、断定できません。残念ながら、何一つとして、証拠がないのです。ただ、あなた自身も、私が想像しているのと同じ人物が犯人であり、何人かの仲間と一緒に、われわれ三人を襲ったものと考えているのではありませんか？　それなら、その人物を、今回の、日本兵捕虜拡大作戦から速《すみ》やかに、排除していただきたいのです。そうすることが、この作戦を、さらに拡大することに、なるはずですから』

と、いったのである。

私は病院から、部隊に戻ると、しばらくの間考えていた。そして、小田切中尉のアドバイス通りに、島崎修一郎を別の部隊に移すことを決心したが、実行に移す前に戦争が終わってしまった〉

ヒッコリーの日記は、その先もまだ、続いていたが、日記に添《そ》えられた、娘のメールには、こう書かれていた。

〈私の父、ヒッコリー元大尉は、一九五二年の春に、アメリカ軍を退役しましたが、その直後に突然、一人の元日本兵の捕虜が、父を訪ねてきています。

名前は島崎修一郎さんといい、何でもサイパン島でアメリカ軍に投降し、捕虜になったという人です。

島崎修一郎さんは、その後、父がリーダーになっていた諜報機関に配属されて、太平洋戦争の終結に、功績があったといわれていた人でした。

父が、いきなり、訪ねてきた島崎修一郎さんと、いったいどんな話をしたのか？　それは、父が教えてくれなかったので、全く分かりません。

しかし、彼が訪ねてきて二日目の夜になって、父は、何者かに襲われて負傷し、入院してしまったのです。そしてその後、襲われた時のケガの影響で体力が弱くなってしまったのでしょうか、父は一年後に、心臓病で亡くなりました。

もちろん、父をわざわざ訪ねてきた島崎修一郎さんという元日本兵の捕虜が、父の死に関係があるのかどうかまでは、私には分かりませんが、私には、何となく気になって仕方がないのです。

父の葬儀の時には、島崎修一郎さんは来ておりません。それは、間違いありません。その代わりに、同じサイパン島で、捕虜になった日本人の小田切元中尉が、父の葬儀に参列してくれました。

小田切元中尉は、アメリカの国籍も取得していました。アメリカでの名前は、ジョン・ヘンドリーといいます。

父の葬儀の前にも、小田切さんは父を訪ねてきていましたから、何度か会ったことがあります。とても、フレンドリーで、好感の持てる日本人でした。亡くなった父も、小田切さんのことはとても信頼し、仲良くしていたようです。

父の葬儀の後、小田切さんが、質問したので、私は、島崎修一郎さんという日本人の元将校が、父を訪ねてきて、その後で父が襲われて入院した。それから、父の体力が急に衰《おとろ》え、一年後に、心臓病で亡くなったことを話しました。

最後に、小田切さんは私に、こう質問しました。

『亡くなったお父さんは、戦時中からずっと、毎日のように日記をつけていました。それをもとにして、太平洋戦争と自分のことを書いて、本にするつもりだったのではありませんか？　以前、ヒッコリーさんご自身から、そんな話を伺《うかが》ったことがあるので』

と、そうきいてきたのです。

私が、

『イエス』

と、いうと、小田切さんは、

『そうですか』

と一言いうと、大変暗い表情で、帰っていかれました〉

十津川は、ヒッコリーの娘のメールを、笹野警部にも、読んでもらった。

「おそらく、このことが、小田切先生を殺人に駆り立てた、強い動機になったのではないかと思いますね」

と、十津川が、いった。

「しかし、その前に、小田切さんは、サイパン島の捕虜収容所の中で、島崎修一郎を、捜していたわけでしょう？　サイパン島で島崎修一郎が、投降しようとしていた、一般市民を、銃で撃った。そのことが許せなくて。もしかしたら、彼に、復讐をしようと考えて、捜していたんじゃないんですか？」

と、笹野が、いった。

「多分、そうだろうと、思います。しかし、だからといって、その時、小田切先生は、島崎修一郎を殺していません。実際に殺したのは戦争が終わって十五年も経った一九六〇年になってからですから」

「そうすると、小田切さんやヒッコリー大尉たちが、何とかして、日本兵の捕虜の数を多くして、一刻も早く、戦争を終わらせようと考え、行動していたのに対して、島崎修一郎のほうは、実は、そうした考えや行動には反対で、小田切さんやヒッコリーを襲ってケガをさせ、入院させて、しまった。また、ヒッコリー大尉は、退役後に何者かに襲撃され負傷し、それが遠因で亡くなった。多分、島崎修一郎の仕業でしょう。小田切さんはそのことを怒って、戦後の一九六〇年に、野尻湖で、島崎修一郎を殺してしまったということですかね？　それが野尻湖での殺人の動機ということになるのですか？」

「ええ、私は、そうではないかと、考えています」

と、十津川が、いった。

「失礼ですが、その、十津川さんの考えは、少しばかり、おかしいんじゃありませんか？」

と、笹野が、いう。

「どうしてですか？」

「途中からですが、島崎修一郎も、小田切さんやヒッコリーが作ったグループに入って一緒に仕事を、やっていたわけでしょう？」

「そうですね」

「つまり、仲間と、いうわけでしょう？　それなのに、どうして、運動の邪魔をするように仲間を殺そうとするんですか？　その辺が、私にはよく分からないのですが、おかしいのでは、ありませんか？」

「たしかに、おかしいとは思います。その辺に、島崎修一郎という男の性格が表われているんじゃありませんかね。生きるために、捕虜になったが、本当は捕虜になることは反対だった」

と、十津川が、いった。笹野は、他の部分の日記も読んでいて、

「島崎修一郎は、捕虜になってからも、捕虜収容所の中で、親分になり、いうことを聞く子分を、何人か作って、やたらに威張っていたらしいですね」

「ええ、そのようですね。好き勝手をやっていたようです」

「なるほど。しかし、私には、よく分からないません ね」

笹野が、「よく分からない」と同じ言葉を繰り返しては、盛んに、首を傾《かし》げていた。

そんな笹野に対して、十津川は、

「島崎修一郎のような男というのは、どんな時でも権力を、自分自身が持つか、そうでなければ、権力を持っている人間に、くっつこうとするもんじゃありませ

んかね。だから、捕虜収容所でも、自分が、親分になり、何人もの子分を使って、ほかの捕虜たちを支配する。そして、その時々によって、自分の意見に従わない者、自分のやり方に、異議を唱《とな》える者は、許せないんじゃありませんか。それで、サイパン島でアメリカ軍に投降しようとした市民を、銃で撃ったのも、自分のいうことを聞こうとしなかったから。島崎修一郎には、それが許せなかったのでしょう。そして、収容所の中でも、アメリカ兵には、従うが、日本兵の捕虜に対しては、暴力で支配する」

「たしかに、今、十津川さんが、いわれたように、島崎修一郎のことを考えると、わかりやすいかもしれませんね」

「別に戦時中だから島崎修一郎のような男が現われたというわけではなくて、どんな時代でも、また、どんなところにも、彼のような人間は、必ずいるわけです。だから、それほどの権力者でもない小田切先生やヒッコリーが、何かというと自分たちに命令することが、島崎修一郎には、我慢ができなくなって、それで最初はマニラで、子分と一緒になって二人を襲ったのではないかと、私は思いますね。その一方で、小田切先生は小田切先生で、そうした島崎修一郎の人となりというのか、あるいは、人間としての本性というのか、それがどうにも許せなくなったのではないでしょうか。戦後になっても、島崎修一郎は、小田切先生には理解できないような、人間としてやってはいけない、そんな生き方をずっとしていたのでしょう。それで、小田切先生は、とうとう我慢ができなくなって、一九六〇年に野尻湖で、島崎修一郎を殺したのだろうと思います。そう考えると、話の辻褄《つじつま》が合ってくるんですよ」

と、十津川が、いった。

「しかし、小田切さんが、今、十津川さんがいわれたような、理由で、一九六〇年に島崎修一郎を、殺したとしても、それを証明するのは、かなり難《むずか》しいのではありませんか？」

「なぜですか？」

「何しろ、すでに五十年も経っていますからね。その点が心配なのです」

「いや、五十年経とうが、あるいは、六十年経とうが、小田切さんにとっては大した問題にはならないと思いますよ」

「どうしてですか？」

「それは、私自身が小田切さん、いや、小田切先生のことを、いろいろと、知っているからですよ。あの人は一九六〇年に、ここ野尻湖で島崎修一郎を、殺したと思いますが、私が追及しても、否定なんかしませんよ。われわれの前に、姿を現わした時、小田切先生は、全てを、正直に話してくれるはずです」

「今、小田切さんが、われわれの前に出てくれれば歓迎しますがね。しかし、アメリカに、行ってしまったら、見つけるのは、大変でしょう？　とにかく、アメリカ国籍を持っていて、広いアメリカに、住んでいるんですからね」

と、笹野が、いう。

「たしかに、捜すのは難しいですが、こちらが捜さなくても、たぶん、小田切先生は、また、自分のほうから、日本にやって来てくれると思いますね。それも、そんなに先の話ではなく、少なくともここ一、二週間のうちに、われわれの前に、姿を現わすような気がするのです」

十津川が、急に、自信満々の表情で、いうと、

「十津川さんは、どうして、そんなにはっきりいえるのですか？　何か、理由でもあるんですか？」

「小田切先生は九十五歳になるのです。小田切先生は、自分の死期を感じているのではないかと、思いますね。戦争体験を、持っている人は、特にそれが強いと思います。いつ死ぬか分からないという不安を、戦争が終わった今でも、持っているに違いないからです。だとすれば、小田切さんというか、私は、どうしても小田切先生と呼びたいのですが、小田切先生は、全ての解決を、きちんとしてから死にたいと思っているのではないでしょうか？　あの世に行く前に、全てのことをきちんと片付けてから死にたい。小田切先生は、そう、望んでいるに違いないと、私は思うのです。小田切先生は、そういう性格の人だと、信じています」

「小田切さんのことを、昔からよく知っている十津川さんが、そうおっしゃるのなら、そうなんでしょう。しかし、現実の問題として、小田切さんは、いまだに見つかっていませんよね。もし、小田切さんが、十津川さんの、考えているような人なら、五十年前の殺人を、十津川さんが、調べているとなったら、今頃こちらに、手紙か、電話で、連絡を取っているんじゃありませんかね。今までのように、連絡もこないし居所も分からないとなると、警察から逃げ廻《まわ》っているとしか、思えなくなりますが」

と、笹野が、いった。

「いや、少なくとも、逃げ廻っているわけではないと、思っています」

「私は——」

と、笹野警部が、十津川の顔を見た。

「なかなか、一九六〇年の事件ばかりを、追い廻していられないんです。現実に、ほかの事件が、毎日のように、起きていますからね。ですから、申し訳ありませんが、今日のところは、いったん、県警本部に帰ります」

と、笹野が、いった。

「構いませんよ。私は、もう少し、野尻湖に、留《とど》まろうと、思っています。何となく、小田切先生から、連絡が来るような気がするものですから。もし、小田切先生から何か連絡があったら、笹野さんに、すぐに、ご連絡しますよ」

と、十津川が、いった。

3

引き続き、十津川は、しばらくの間、友人の井崎がやっている民宿に、世話になることにした。

別に、ホテルに比べて、民宿にいたほうが、経費が掛からないからでは、なかった。アメリカに戻っているかもしれない小田切から連絡が来るとすれば、井崎の民宿宛《あ》てに来るのではないかと、十津川は、考えたからだった。

十津川は、井崎にも、ヒッコリーの日記と娘のメールを読んでもらうことにした。

その二つをじっくりと読んでから、井崎は、十津川に向かって、

「やっぱり、俺たちが思っていた通り、小田切先生は、自分の個人的な、動機から殺人を犯したんじゃなかったんだな。これを読むと、それがよく分かるよ」

その声には、ホッとした響きがあった。やっぱり、井崎も、その点が、気がかりだったのだろう。

「しかし、小田切先生は、島崎修一郎が殺したサイパン島の民間人のことが、頭にあったんだと思う。だから、ずっと島崎修一郎のことを、捜していたんだ。島崎を見つけたら、自分が殺した民間人の家族に、謝罪の手紙を、書けぐらいのことは、いったんじゃないかな？　昔からそういう先生だったから」

と、十津川が、いう。

「それで、小田切先生が、また、この野尻湖にやって来ると、思っているのか？」

と、井崎が、きく。

「ああ、間違いない。小田切先生はきっちりと、後始末をつける人だから」

「そうかな？」

「われわれが学生の時、小田切先生は、口癖《くちぐせ》みたいに、よく口にしていたことがあるじゃないか。いったん、何かの研究を始めたら、必ず最後まできちんと決着をつけろ。難しいからといって、決着をつけずに途中で放り出すのは、人間のやることじゃない。小田切先生がよくいっていたのを、今でもよく覚えている」

「たしかに、そういう言葉を先生から聞いたことがあるな」

「だから、小田切先生は、必ずここにやって来る。自分の手で、きちんと、決着をつけるためにだ。そうしないで、このまま、黙ってどこかで、死んでしまったら、私は、これから先ずっと、小田切先生を軽蔑《けいべつ》するよ」

と、十津川が、いった。

4

しかし、なかなか小田切から連絡が来る気配はなかった。

三上刑事部長は、日頃のせっかちな彼らしくなく、十津川を、急《せ》かせるようなことは一切《いっさい》しなかった。おそらく、問題の解決をアメリカ大使館が、望んでいて、それに協力している三上としては、十津川を急がせることで、余計なプレッシャーを、かけたくなかったのだろう。

小田切と連絡が取れない代わりに、アメリカ大使館から、十津川宛てに、一通のファックスが届いた。

〈われわれアメリカ大使館では、このほど、ミスター小田切ことミスター・ジョン・ヘンドリーの子息を、アメリカ大使館員として正式に採用することを、決定いたしました。

この件は、父親であるジョン・ヘンドリーの素行、あるいは、犯罪歴とは何の関係もありません。ジョン・ヘンドリーの素行、あるいは、業績については、全て解決したと考えたからであります。

右、お知らせいたします。

駐日本アメリカ合衆国大使

警視庁捜査一課　十津川省三《しょうぞう》様〉

そのファックスを、井崎に見せると、首を傾げて、

「この父親、小田切の素行や、犯罪歴と関係なくというのは、いったい、どういうことなんだろう？　小田切先生が、殺人を犯していたとしても、それには、関係なく、アメリカ大使館の職員として息子を、採用するということかな？」

「そうだろうね。ほかには考えようがないからね」

「どうして、こういうことになったんだろう？」

「たぶん、小田切先生が、アメリカ政府に協力して、自分の知っていることを、何もかも喋《しゃべ》ったからだろう。その代わり、息子さんの採用については、あなたの過去とは、何の関係もないという、承諾をもらったんじゃないかな？」

と、十津川は、いい、

「息子の就職も、無事に決まったんだ。これでたぶん二、三日中に、小田切先生は、こちらに連絡してくるよ」

と、いった。

十津川の予想通り、二日後に、小田切から、民宿井崎宛てに、連絡が届いた。

〈君たちに全てを、話したいので、明日、日本行きの、飛行機に乗る〉

たったそれだけしか書いてない短い手紙だった。

「それでどうする？　俺としては、小田切先生が、来日するのであれば、なるべく大勢で迎えたい。だから、迎えに集まってこられそうな、同窓生全員に連絡を、取ろうと思っているのだが、構わないか？」

井崎がいう。

「もちろんだ。その件は、君に一任しよう。ただし、そうなると、問題は警察関係のほうだ。私としては、できれば長野県警の笹野警部には知らせないで、小田切先生を迎えたいと思う」

十津川が、いった。

「そうしてもらうとありがたいが、しかし、それで、大丈夫なのか？　長野県警の警部に黙っていて」

井崎がきく。

「あの笹野という長野県警の警部は、とにかく仕事熱心な男だからね。もし、小田切先生が日本にやって来ると知ったら、私たちが小田切先生を、迎えに行く前に、先廻りして、小田切先生を、確保してしまう恐れがある。だから、私としては、今回の一連の事件とは、無関係に、まず、小田切先生を迎え、その後で、ゆっくり、小田切先生から話を聞こうと思っている」

「俺もそれに、賛成だが、そんなことをして、君のほうは、大丈夫なのか？　上《うわ》役《やく》にどやされないのか？　君は、一九六〇年の殺人事件を解決したいということで、ここに、残ってるんだろう？」

「小田切先生は逃げもかくれもしない筈《はず》だ。息子さんが、アメリカ大使館に採用されることに決まったからね。そんな時に、事件を起こして、息子さんの採用を、反故《ほご》にはしたくないだろう」

と、十津川が、いった。

井崎が同窓生たちに声をかけ、結果的に、井崎や十津川を含めて、全部で十人の人間が、集まることになった。

「十人そろって、空港に迎えに行くのも、目立つから、各自、空港集合ということにしようじゃないか？」

と井崎はいう。

「私も、そのほうがいいと思う。長野県警には、内緒にして小田切先生を、迎えるんだからね。なるべく目立たないほうがいい」

翌日、十津川は、井崎とは別々に、成田《なりた》空港に、小田切を迎えに行った。

このことは、三上刑事部長にも話してはいない。慎重居士《しんちょうこじ》の三上刑事部長のことだから、小田切が日本に戻ってくることを知らせたら、小田切の確保に動くに、決まっていたからである。

少なくともそんな形で、十津川は、小田切を、迎えたくはなかった。

二人は、示し合わせて、大学の角帽をかぶって、成田空港に、小田切を迎えに行った。

角帽のことを井崎に、提案したのは、十津川である。

十津川は、自分が警視庁の警部として迎えに来たのではなく、大学時代の教え子の一人として空港に迎えに来たのだと、それを小田切に伝えたかったからである。

第七章　一人の人生の終章

1

飛行機が到着してしばらくすると、小田切が姿を現わした。ステッキをついているが、それ以外はすこぶる、血色がよく、元気そうに、見えた。

彼の到着を待っていた元の教え子たちから一斉《いっせい》に「小田切先生」とか「いらっしゃい」とかの声が上がり、その一角だけ妙に、はしゃいだ空気になった。一緒に降りてきた乗客たちが、エッという目で、角帽をかぶった十津川と小田切たちを、見てから、彼らの横を、通り過ぎていった。

小田切は、

「ありがとう、ありがとう」

と、何度も頭を下げながら、待っていた昔の教え子たち一人一人と、握手を交わしていた。

その後、十津川たちは、待たせておいたタクシーに小田切を乗せ、車を連《つら》ねて、都心に向かった。

十津川たちは、予約しておいた都心のホテルに着くと、ホテルの中の和食のレストランで、まず歓迎のパーティを、開いた。

教え子たちは、誰もが、小田切を迎えてはしゃぎ、酒を飲んで、酔っ払った。

しかし、小田切自身は、ほとんど酒を飲まなかった。それは、十津川には、意外な光景だった。なぜなら、十数年前に会った時の小田切は、盛んに盃《さかずき》を上げ、誰よりも早く、酔っ払っていたからである。

十津川と井崎の二人と、ほかの八人の教え子たちとの間には、歓迎の仕方や、歓迎の気持ちの中に、明らかに、違いがあった。

三時間ほどで、歓迎のパーティは、お開きになった。

八人の教え子たちは、まだ、飲み足りない様子だったが、小田切のほうから、

「今日は疲れているので、そろそろ、眠りたい。申し訳ないが、この辺で、休ませてくれないか？」

と、いい、八人の教え子たちは、了承して、引き揚《あ》げていった。

小田切は、八人の教え子たちが消え、十津川と井崎の二人だけが、残ったのを見計《みはか》らってから、

「今日は、本当に、疲れたよ。これから、部屋に入って休むことにするが、明日、君たち二人に、野尻湖へ一緒に、付き合ってもらいたいのだ。向こうで、君たちに、話したいことがあるんだよ」

その小田切の言葉に、十津川は、ホッとするものを感じた。昔の教え子たちと一緒に楽しんでいる小田切を見るのは、十津川も、もちろん嬉《うれ》しかったのだが、そのうちに肝心《かんじん》なことを、小田切本人の口から聞けるだろうと、待っていたのである。

だから、ここにきて、小田切のほうから切り出してきたことが、十津川には、嬉しかったのだ。

小田切が自分の部屋に消えたあと、十津川と井崎は、ホテルの二十階にあるバ

ーで、飲むことにした。

2

バーには、ほかの客の姿はなかった。二人はカウンターに、腰を下ろし、ビールを飲みながら、今日の小田切の様子について、話し合った。

「小田切先生が元気そうなので、取りあえずは、ホッとしたよ」

井崎が、差しさわりのない話から、切り出した。

「しかし、先生は、もう、九十五歳だからね。おそらく、今回の来日が、最後ということになるんじゃないのかな」

と、十津川がいう。

「それは覚悟の上で、今回、先生は、日本に帰ってきた。つまり、君は、そういいたいんだろう?」

「そういうことだ」

「君は五十年前、小田切先生が、野尻湖で、島崎修一郎という男を、殺したといっていたが、今でも、そう考えているのか？」

　井崎が、きく。

「たしかに、島崎修一郎という男を、殺したのは、小田切先生で、間違いないだろうと思っている」

「証拠は？」

「あの湖岸に造られた石碑だよ。その石碑に、小田切先生は、自分から、島崎修一郎を殺したと彫《ほ》っているんだ。あれは、小田切先生の字だ。ホテルの宿泊カードの筆跡を調べてみると分かるよ」

「しかし、小田切先生が、殺したといっても、今から五十年も、前の話だろう？　仮に、殺人を犯《おか》していたとしても、すでに、時効が成立しているんじゃないのか？」

　と、井崎は、いってから、

「そうか、アメリカには、殺人の時効がないのか」

「日本でも最近起きた事件なら、殺人には、時効が適用されなくなっている」

「しかしね」

と、井崎がいい返す。

「何しろ、今から五十年も前の殺人だし、君だって、その殺人は、小田切先生のほうに、何らかの理由があって、相手の、島崎修一郎を殺したと、考えていたはずだ。だとすれば、正当防衛の可能性もあるだろう。君だって、そう、思っているんじゃないのか？」

「たしかに、小田切先生は、何か理由がなければ、人を殺したりはしないだろう。第一、先生は、むやみに、人を傷つけるような、そんな人じゃないよ。しかし、今回は、小田切先生のほうから、五十年前の、殺人について私たちに、何かを伝えたくて、わざわざ、日本にやって来たに違いないんだ」

「それで、君は、先生が、島崎修一郎という男を殺した動機は、いったい、何だと思っているんだ？」

「最初は、太平洋戦争中、サイパン島で島崎修一郎が、逃げようとした市民を撃ち殺した。小田切先生は、そのことが、許せなくて、戦後になってから、野尻湖で島崎修一郎を殺したのではないかと、思っていた」

「思っていたということは、今は、違う考えなのか？」

「ああ、そうだ。違ってきた」

「どうして？」

「その後、いろいろと調べていくと、島崎修一郎は、捕虜になってから、同じ捕虜収容所にいた元高級参謀から聞いた話を、自分の考えとして話し、さらに実体験のように喋って、アメリカ側の信用をつかみ、捕虜収容所から釈放され、その上アメリカ軍の上層部から、その協力ぶりを称賛されたという。さらにその嘘《うそ》がばれるのを恐れて島崎修一郎は、経緯を知る米軍の情報将校を襲い、殺したも同然だ。そうした卑劣《ひれつ》な行為に腹が立って、小田切先生は、野尻湖で、島崎修一郎を殺したのではないかと、思うようになったんだがね」

と、十津川は、いった。

「しかしだね、二つの事件とも、犯人は島崎修一郎、戦争中は、島崎中尉だろう。どちらも、島崎は、自分のために、人を殺しているじゃないか。それなのに、片方を許せても、もう片方は許せなくて、小田切先生は、犯人の島崎修一郎を野尻湖で殺した。そういうことになるのか？」

「そうだよ」

「だとしたら、少しおかしいじゃないか？」

「何がおかしいんだ？」

「一つは、サイパン島の戦場で、日本の市民を殺した。その犯人の島崎修一郎は何とか許した。もう一つは、島崎修一郎が捕虜収容所で知り合った元高級参謀をたぶらかして、日本軍の秘密を聞き出して、それをアメリカ軍に話して、喜ばれた。その上、口封じに、経緯を知る情報将校を襲撃したという。そのことに、小田切先生は、腹を立てて殺したと、君はいう。しかしね。二つの事件の間には、それほどの差は、ないんじゃないのか？　だから、二つ目の事件が、動機になったとすれば、一つ目の殺人も当然、動機になっていてもいいはずだ」

「君のいう通りだ。だから、その点をどう判断していいのか困っている」

十津川は、正直に、いった。

「しかし、困っているだけじゃ、まずいんじゃないのか？　小田切先生は、島崎修一郎という男を、殺してしまったんだ。だとすれば、当然、動機がある。その動機が二つもあるんだ。その二つを合わせて、動機の全《すべ》てだとは考えられないのか。島崎修一郎、つまり島崎中尉は、戦争中、日本の市民を射殺した。自分の利益のために米軍の情報将校を利用して、さらに、その口を封じた。この二つがあれば、立派な殺人の動機になるじゃないか？　二つとも動機としては、完璧《かんぺき》だろう。違うのか？」

「君がいうように、島崎は二回も殺人事件を起こしている。相手は、自分と同じ日本人も殺しているんだ。無性《むしょう》に腹が立つ。小田切先生が、そんな卑劣な島崎中尉のことが許せなくて、日本の野尻湖に呼んで殺した。それで、納得は出来るんだがね。しかし、他に何かあるんじゃないかと考えてしまう」

「どうして？」

「いずれも、戦争に関わる話だ。戦争は、人を狂わせる。そのことを考えると、小田切先生は、それだけで、人を殺したのだろうかと考えてしまうんだ」

「君は、どうしても納得できないのか？」

井崎が、十津川にいう。

「小田切先生の顔を見ていると、どうしても、すんなり納得できないんだ。君のいう通り、何人も殺した人間なら、殺しても当然だと、私も思う。だが、この前、君の家で、久しぶりに小田切先生と会い、話をした。小田切先生が、島崎修一郎を殺したことは間違いないと思うんだが、そういう動機で、小田切先生が人を殺すとは、どうしても思えないんだ」

「そういう動機って、何だ？」

「島崎修一郎は、二回にわたって人を殺している。だからといって、小田切先生が、島崎修一郎を殺せば、間違いなく、私刑じゃないか？　先生が、簡単に、私刑なんかするとは、私には、思えないんだ」

十津川は、繰り返した。

「たしかに、冷静に考えれば小田切先生の行為は、私刑だ。しかし、先生は、怒りに任せて、簡単に島崎修一郎を、殺したわけじゃない。たぶん、いろいろと考え、悩んだ末に、どうしても、島崎修一郎が許せなくて、殺した。だとすれば、先生の殺人は、それほど不自然だとは思えないんだ」

と、井崎が、いう。

「もう考えるのは、止《や》めよう。これ以上考え続けていると、頭が、おかしくなる」

十津川は、残りのビールを飲み干した。

3

二人は、ホテルの中のツインの部屋に、泊まった。

翌朝、二人は食堂で、小田切と落ち合い、バイキング料理で、朝食を済ませた。

その後、ホテルを、チェックアウトし、井崎が乗ってきた車で、野尻湖に向かった。

十津川と井崎は、昨夜寝る前に、自分たちのほうから、五十年前の、殺人事件について小田切に、きくのは止めようと、いい合わせてあった。出来れば、小田切のほうから、自主的に、話してもらいたいのだ。

快適な空気の中を、三人を乗せた車は、野尻湖に、向かって走る。

「先生のアメリカでの生活がよく分からないのですが、今、ご家族はアメリカですか？」

リアシートに、小田切と並んで座っていた十津川が、きいた。

「家内は、十年前に、病気で亡くなった。二十数年前に、家内と相談をして、アメリカで、養子をもらったんだ。私の財産など、取るに足らないが、それでも私が死んだら、全て、彼のところに、いくようになっている」

と、小田切が、いう。

「そのお子さんは、今、何歳になっているんですか？」

「息子は、もう三十五歳になっていて、オハイオ大学で、日本語を教えているよ。今度、駐日アメリカ大使館の職員として採用されたんだ」

と、いってから、小田切は、

「十津川君は、警視庁の刑事だったね？」

「そうです。警視庁の捜査一課で働いています」

「刑事の君の目から見て、今の日本は、どうなんだ？　昔の日本より、よくなっているのかね？　それとも、昔の日本のほうがいいのかね？」

と、小田切が、きく。

「その点に関しては、いろいろな意見があります。今の日本のほうが、好きだという人もいれば、昔の日本のほうがよかったと、いう人もいます」

十津川は、答えながら、小田切が、ボクシングでいう、ジャブを小さく、繰り出してきたような気がした。

十津川のほうは、小田切に、問題の核心についてきくのを、ためらっている。小田切もおそらく同じ問題について、どう切り出したらいいのか、迷っているのではないかと、思った。

「十津川君、家族は？」

きいてから、小田切は、一人で笑って、

「ああ、そうだ。先日、野尻湖では、奥さんと一緒だったんだね。忘れていたよ」

と、いった。

そこで、会話が途切《とぎ》れてしまうと、十津川は、思い切って、問題の事件に触れてみる気になった。

「先生は、今でも野尻湖の国際村という会員制の別荘地の、会員でいらっしゃるんですか？」

「ああ、今でもそうだよ。私は、野尻湖が大好きなんだ」

と、小田切が、いう。

「それほど、お好きだったら、野尻湖の近くに土地を買って、終《つい》の棲家《すみか》に、なさるおつもりはないんですか？」

「正直にいえば、そうしたい気持ちがないこともないが、何といっても、もう、九十五歳だよ。これから、野尻湖に土地を買って家を建てたとしても、何年も、住んでいられるわけもない。それに、息子がいるからね。できれば、彼のそばで、死にたいんだ」

と、小田切が、いった。

やがて、視線の先に野尻湖が見えてきた。

井崎が、以前、石碑が建っていた湖畔《こはん》で、わざと、車を止めた。

「少し散歩がしたいね」

小田切が、自分から、車を降りて、歩き始めた。

十津川と井崎が慌《あわ》てて、小田切の後を、追った。

空気が暖かい。それでも、観光シーズンが終わったせいか、湖畔には人影が見えなかった。

三人がベンチに腰を下ろすと、小田切が急に、思い出話を始めた。小田切が戦後、十津川たちが通っていた大学に来て、講義を始めた頃の話である。

小田切は、いかにも楽しそうに話す。十津川たちのほうも、楽しそうに相槌《あいづち》を打つ。

そんな当たりさわりのない話を続けていた時、急に小田切がいった。

「これから君たちを、私の別荘に招待したいのだが、しばらく留守にしていたので、部屋の中が汚れていると思う。だから、先に帰って、これから掃除をしたい。その後、そうだね、夕方にでも遊びに来てくれないか？　三〇六号棟だよ。君たち二人にアメリカから持ってきたお土産《みやげ》を渡したい」

「掃除をされるのなら、私たちも一緒に行って、お手伝いしますよ」

井崎がいうのを、横から、十津川が止めて、

「夕方ですね？　分かりました。何時頃お伺《うかが》いしたらいいですか？」

と、きく。

「そうだね。六時頃に来てもらえばいちばんいい。食事の用意もしておく。だから、食事をしながら、いろいろと話し合おうじゃないか？」

小田切が、いった。

4

「掃除を手伝おうと、思ったのに、どうして？」

井崎が、不満げな顔で、

「先生も、元気そうに、見えるが、歳《とし》が歳だから、長旅で体は、相当疲れているはずだ。掃除をするのも、大変だから、俺たちが、手伝ったほうがいいと思ったんだが、どうして止めたんだ？」

「小田切先生の顔を見ていたら、おそらく、夕方まで、一人で別荘にいて、何かやりたいことがあるんだろうと、そう思ったんだ。だから、その間、先生の傍《そば》にいては邪魔になるんだ」

十津川たちは、ひとまず、井崎のやっている民宿に戻った。井崎は、まだ、不満そうな顔だった。

「しかしね、小田切先生は、もう、九十五歳だろう。一人で別荘の掃除をさせるのか？」

と、井崎が、いう。

「これは私の単なる想像だが、先生は、部屋の掃除のために、私たちと、別れたんじゃないと思う。何か別の、理由があったはずだよ」

「掃除じゃないとすると、何のためだ？」

井崎がきく。

「それは、はっきりとはいえないが、小田切先生は、何か覚悟を持って、今回、日本に、やって来たんだ。それを、邪魔しちゃいけない。だから、夕方になってから別荘に行ったほうがいいと思ったんだ」

と、十津川が、いう。

急に、井崎の表情が、変わって、

「小田切先生は、まさか、危険なことを考えているんじゃないだろうな。それなら、早く行って、止めなきゃならん」

「いや、止めても、無駄だよ。今も、いったように、小田切先生は、覚悟して、日本にやって来たんだ。今は遠慮して、約束した夕方六時に別荘に行ったほうがいい」

「ひょっとすると、別荘の中で、自殺するかもしれないぞ」

井崎が、大きな声を出した。

「たしかに、その可能性もある」

「その可能性もあるって、君は、いやに、落ち着いているじゃないか？　そんなことになったら、大変だぞ」

「今もいったように、先生は、何か覚悟を決めて、日本に来ている。だから、私たちがどう動こうが、先生の気持ちを、変えさせることはできないよ。もし、先生が、死ぬ気で来たのなら、私たちは、黙って、その最期《さいご》を、見届けてやろうじゃないか？」

と、十津川が、いった。

5

午後六時になって、二人は、国際村まで、歩いていった。東口のところにいるガードマンに、会員のヘンドリーに呼ばれていると断わると、二人を、国際村の中に入れてくれた。

三〇六号棟は、木造の、さして大きくない、別荘である。

インターホンを押すが、返事がない。

十津川の体に戦慄《せんりつ》が走った。

ここに来るまでの途中、もしかしたら、小田切は、すでに、死んでいるかもしれないと思ってはいたのだが、いざ、それが、現実味を帯《お》びてくると、どうしても、動揺を感じてしまう。

二度三度と、インターホンを押してから、十津川は、ドアに手をかけた。

案《あん》の定《じょう》、カギがかかっていなかった。

十津川と井崎が中に入っていくと、一階の居間の中央に大きな机があり、回転椅子《いす》に、腰を下ろして、小田切は死んでいた。

井崎が、青ざめた顔で十津川を見た。

「どうしたらいい？　すぐに、救急車を呼ぶか？　それとも、一一〇番したほうがいいのか？」

「こんな時は、両方に電話すべきだが、小田切先生は、覚悟して、自殺を遂《と》げたんだ。だから、慌てることはない。机の上に、遺書らしい封筒が置いてある。それを、読んでからでも遅くはないだろう」

十津川は、回転椅子に座り、机に、体を預けるようにして、死んでいる小田切の背中に、自分のジャケットをかぶせてから、机の上に置かれた分厚い封筒に、手を伸ばした。

中に入っていたのは、万年筆で書かれた、長い手紙だった。

〈私は、太平洋戦争の時、サイパン島で、島崎修一郎中尉と共に、侵攻してきた、アメリカ軍と戦っていた。

島崎修一郎という男は、私の目から見ると、典型的な日本人将校に見えた。つまり、自分の行動や考えが、いちばん正しいと思い込み、何かというと、自分の考えを、すぐひけらかす。そういう意味でいうと、典型的なボスだった。

島崎修一郎は、よく部下を怒鳴《どな》りつけた。自分の立てた作戦が、うまくいかないと怒り出す。そのくせ、お気に入りの兵隊がいると、えこひいきして子分にして可愛《かわい》がる。

私たちは、サイパンやテニアンなどの島々を、アメリカ軍から守るために、輸送船でサイパンに、送られたのだが、司令官も将校たちも、当初は自信満々だった。あの東條首相までも、

『サイパン島は、そんなに、簡単には陥落しない。それどころか、永久に、陥落しない』

と、いい切っていたのである。

しかし、アメリカ軍の猛烈な爆撃と艦砲射撃のあと、アメリカ軍が、上陸してくると、たちまちのうちに戦況は不利になっていった。ずっと前から日本軍にとって、勝てる戦いではなくなってしまっていたのだ。

普通に考えたら、どうあがいても、日本がこの戦争に負けることは、分かっていたはずだ。

ところが、それなら、どうすべきかとなると、サイパン島守備の司令官も将兵たちも不思議なことに全く同じ思考形態を、持っていた。

それは、その頃よくいわれた、大楠公《だいなんこう》精神である。

大楠公といえば、千人足らずの人数で、千早《ちはや》城に立てこもり、何万という鎌倉《かまくら》

幕府の軍勢を、奇策を用いたゲリラ戦で悩ませた英雄なのだが、戦況が不利になってくると、大楠公精神が、死に結びついていった。

ゲリラ戦の名将が自《みずか》ら死をもとめるサムライになってしまったのだ。わずか七百の兵を率《ひき》いて何万もの足利尊氏《あしかがたかうじ》の大軍に、立ち向かっていく。敗《ま》けるのを承知で、死地に乗り込んでいく。それが大楠公精神といわれて、称賛された。

戦争で、勝つ見込みがなくなってくると、死ぬことが美化されていく。玉砕が続くと、大楠公精神が盛んに言いたてられていった。

私は、そんな大楠公精神には、断固として、反対だった。

もちろん、その時、私は、サイパン島を守るために、派遣されていた、単なる一将校である。だから、上陸してきた、アメリカ兵とは、全力を尽くして戦わなければならないことは、よく分かっていた。

だが、最後にバンザイ突撃をして、玉砕するのでは意味がないと考えていた。

戦争は、いつまでも、続くものではない。いつかは、必ず終わる。次には、平和がやって来る。

その時に、若い人たちの力を、国や社会は絶対に必要とするのである。だから、大楠公精神で、バンザイ突撃をして、玉砕するのは、将来のことを、何も考えず、ただ単に、目の前の戦闘だけしか見ていないことになってくる。

もし、戦争が終わったあとのことを考えるのなら、絶対に、玉砕などしてはいけないのだ。

私は、サイパン島の、最期が近づいた時、司令官に直訴《じきそ》した。

『今ここで、大楠公精神を発揮して、バンザイ突撃で死んでも、誰も偉いとはいいませんよ。刀折れ、矢尽きた時には、敵側に、降伏してもいいと、「陸軍刑法」でも許されているんです。ですから、司令官は、勇気を持って、降伏の命令を、出してください。日本の将来のために、ぜひそうしてください。お願いします』

司令官は、私の話を、真剣に聞いてはくれたが、やはり、どうしても降伏することに、自分が許せないのか、私の目の前で、自裁《じさい》してしまった。

それなら、せめて、一般市民だけでも助けようと思って、私は、壕《ごう》の中にいた二十人ほどの市民を促《うなが》して、

『これから降伏する。まもなく、戦争が終わるのだから、今、ここで玉砕することに何の意味もない。だから、簡単に死んでは、絶対にいけないんだ』

私の言葉で、二十人ほどの市民が、壕から飛び出そうとした。その時、島崎修一郎が、大きな声を上げながら、銃を乱射した。五、六人の一般市民が死んだり、ケガをしたりした。

私は、とっさに、島崎修一郎を殴りつけ、市民たちと一緒に、アメリカ軍に降伏したのだ。

ところが、そのあと、アメリカ軍の作った捕虜収容所に連行されると、そこには、あっけらかんとして、捕虜になっている島崎修一郎がいるではないか。あとになって分かったのだが島崎は、もっと恥ずべきことを捕虜収容所の中で、やっていたのだ。

捕虜収容所には、高級参謀が一人、紛《まぎ》れ込んでいた。

島崎修一郎は、言葉巧《たく》みに、その高級参謀に近づいていき、日本軍は、本土決戦に備えて、戦いの方法をどう考えているのか、また、どんな特攻兵器があるかなど機密事項を聞き出して、それを、あろうことか、アメリカ軍に通報していたのである。

このため、島崎修一郎は、捕虜収容所長や、もっと上部の、アメリカ軍の将官たちを喜ばせた。そのおかげで、島崎は、アメリカ軍の司令官たちから、特に目をかけられ、一人だけ、特別待遇を受けていた。

その話を耳にした時、私は、無性《むしょう》に腹が立った。敵に降伏するのは、構《かま》わない。日本の『陸軍刑法』でも、許されているからだ。

しかし、自分の待遇を、少しでもよくしようとして、自国の軍の機密をアメリカ軍に教える必要はないではないか。

ただ、私は、その時点では、島崎修一郎を、殺してやろうとまでは、思わなかった。

全て戦争中の行動である。戦争は、人を狂気にする。そのことは、私にも分かっていたからである〉

6

〈戦争が終わるとすぐ、私は、アメリカに渡って、事業に成功し、また、縁があって、元の小田切の名前で、日本の大学でも、講義をするようになった。あの頃は、日本とアメリカを往復する日々だった。

戦争が終わってからも、許せないことはあった。

島崎修一郎が捕虜となっていた時に、世話になったアメリカ軍の大尉を、殺害したのだ。

その大尉が、戦時中につけていた日記を、本にするというので、自分の卑劣な行為が世に知られてしまうということを、防ぐためだった。

島崎修一郎は、本当にひどい男だった。

それでも、そのうち、島崎修一郎のことは、忘れてしまった。

これから日本は平和が続く。若者たちも、兵隊に取られることはないだろう。とにかく、楽しく過ごそう。戦争で失われた何年間かを、取り戻そうと、私は、考えていたのだ。

しかし、だからといって世界中が、平和というわけにはいかなかった。

昭和二十五年になると、朝鮮半島で戦争が勃発《ぼっぱつ》した。そのため、軍隊を持たないと、はっきり憲法で、うたっていた日本にも、陸上自衛隊の前身である警察予備隊が創設され、保安隊ができ、その保安隊が、やがて、自衛隊になっていった。

昭和三十五年頃になって、その自衛隊も組織や戦闘方法をアメリカに、学ぶべきか、それとも、独自の戦闘方法を、研究すべきか迷っていた。

終戦の時、昔の陸海軍では、若い将校たちが一般の市民に戻った。少尉、中尉、大尉などで、私もその一人である。

彼らのうちの何人かが、自衛隊が発足した時に再び入隊し、昭和三十五年頃には、陸、海、空それぞれの、自衛隊の幹部に、出世していた。

自衛隊自身は、警察予備隊発足以来十年を迎え、大きな岐路《きろ》に、立たされていた。今後の各自衛隊が、どうあるべきか、さまざまな意見が、交わされていたのである。

いちばんの問題は、これから育つ若い幹部候補生たちを、アメリカ方式で訓練すべきか、日本の伝統にのっとった方式で、訓練すべきかだった。

例えば、航空自衛隊の場合、「航空配備要綱」には、次のように書かれていた。

米軍と協調し、抵抗する敵に対して両軍が一体となって防衛するため、

一、国土周辺の制空権を確保する。

二、上陸を意図する敵を撃滅する。
三、国土周辺の海と海上輸送を援護する。

とあり、米軍との共同については、次のように記《しる》している。

一、両軍の指揮関係は、共同するも、アメリカ軍指揮官の指揮を受けることがあることを予想する。
二、両軍は、左のごとく作戦任務を分担する。
三、アジア大陸における戦略爆撃は、アメリカ軍の担当とする。
四、日本本土を離れる、約千五百キロ以遠の航空基地攻撃は、アメリカ軍の担当とし、千五百キロ以内の攻撃は、日米共同の作戦とする。
五、日本本土の防衛は、自衛隊の担当とする。

こうして、一応、アメリカ軍と、日本の自衛隊との間の、守るべき区域の区分けは、できたのだが、まだ多くの問題が残されていた。

一つの問題は、いかなる精神で、日本を防衛するかということだった。

もう一つの問題は、いざ戦争となった時に、自衛隊が、どう、戦うのかということだった。

アメリカ方式で、戦うのか、あるいは、日本方式の作戦で、戦うのか？

太平洋戦争で負けた日本軍の、若手の将校が現在、陸海空三軍の、幹部になっている。彼らの意見に対して、戦後の若者たちで形成される幹部候補生たちが、どう考えるのか？

自衛隊の発足時点では、装備も全てアメリカから貸与され、また、作戦についても、アメリカ方式を学んでいる。

十年経《た》って、この辺で、新しい日本方式の作戦を、持つべきだろうという議論があった。その議論は、ここに来て、エスカレートしていった。

そんな時、自宅で、朝刊を見ていた私は、紙面の中に、島崎修一郎の顔を発見したのである。

そこに書かれた、島崎修一郎の肩書は、なぜか、軍事評論家になっていて、しかも、ペンネームなのか、鳥田晃一郎《とりたこういちろう》という名前になっていた。アメリカの、軍事技術と作戦にも詳《くわ》しく、日本方式の作戦にも、精通している人物とあって、私は驚いた。

もっと驚いたのは、島田晃一郎は、太平洋戦争の体験者であり、戦争中にはいち早く、この戦争は、日本が負けると予見し、アメリカと日本の双方に、戦争の早期終結を要請した、陸軍の高級参謀であるというプロフィールまで、記載してあったことである。

戦後十五年が経った今、自衛隊は、どの作戦方式を、取るべきか、あるいは、どの方向に向かって、進んでいくべきかが問題になっている。そんな時に、あの島崎修一郎が、大きな顔をして、しかも、戦争には反対だったとか、陸軍の高級参謀だったとかと嘘をつき、その上、軍事評論家として堂々と、売り出してきたのである。

加えて、アメリカの国防部会や自衛隊幹部の集まりでも、島田晃一郎を高く評価していると、新聞には書かれていたのである。

私の知っていた島崎は、捕虜収容所にいた時、そこに入っていた高級参謀を半《なか》ば脅《おど》して日本側の作戦を聞き出して、それをアメリカ側に売り渡した男である。

ところが、新聞によると、彼自身が陸軍の高級参謀だったと主張し、まるで太平洋戦争を自分が指揮したようないい方をしている。

さらに、二日後に目にした別の新聞では、現在の総理大臣の、国防関係の、ブレーンとされていたのである。

しかも、総理大臣は、

『今後、自衛隊の、進むべき方向については、日米双方の軍事情報に詳しい鳥田晃一郎さんのご意見を参考にして、自衛隊の民主化と同時に、有事に際して、日本国民をどうやって守ったらいいのかを、はっきりさせたいと考えている』

と、話しているのである。

私は、こうした動きを知って、強い、危機を感じた。

島崎修一郎が、サイパン島で、逃げようとした市民を、撃ち殺したといった戦争中の行為については、私自身も止めることができなかったから、島崎修一郎を告発する資格は、ないと考え、私は彼に対して、何もしないで見過ごしていたのである。

しかし、戦後十五年経った今、島崎修一郎のような男が、いつの間にか日本の防衛について総理大臣のブレーンになり、総理大臣自身が島崎修一郎の意見を聞いて、今後の、自衛隊の進むべき方向を考える時の指針にするとまでいっているのである。

戦争中の島崎の個人的な行動は、戦争中であるという特殊な条件下だったことを考えて、許さなければならないし、告発することも出来ないと、私は思っていた。

しかし、今回ばかりは、ちょっと違うのではないのか。

自衛隊の将来といえば、それは同時に、日本の将来ということに、なる。

しかも、今や島崎修一郎は、総理大臣が信頼を寄せているブレーンの一人なのだ。このまま放っておいては、島崎修一郎の言葉が、そっくりそのまま自衛隊の将来になってしまう恐れがある。

どうせ彼のことだから、アメリカ側の担当者を、納得させるような、もっともらしいことをいい、また、自衛隊の幹部たちに気に入られるような、おべんちゃらをいうに決まっていた。

ところが、彼の腹の中は、全《まった》く違っている。そんな島崎修一郎の考えを、信用したら、自衛隊は、間違った方向に動いてしまうことになる。非民主的で古い日本式の軍隊が作られてしまうだろう。

過去の島崎は許すことが出来る。それは、将来に対して、影響が少ないからだ。しかし、将来の自衛隊、国の将来に影響することは、絶対に許せない。

私は強く、自分に、いい聞かせた。

私は、その時に、はっきりと決意し、実行した。

ジョン・ヘンドリーの名前を使って日本に行き、会員である、野尻湖の国際村に行き、別荘に入った。島崎修一郎を呼び出して、まず総理大臣のブレーンをやめ、自衛隊の今後の方向について、意見をいうのをやめるように忠告した。

しかし、島崎は、首を横にふった。現在の自分の地位に酔っていた。

だから、私は、容赦《ようしゃ》なく、島崎修一郎を殺した。

湖畔に、石碑を建てたのは、私だ。戦争が終わって、十五年もたつのに、人を殺すしかできなかった、自分への罰だ。だから、鳥田晃一郎でなく、島崎修一郎という、本当の名前を刻むことにした。「過チヲ正シテ」というのは、名前のことだ。

息子が、アメリカ大使館の職員に採用されるかもしれないことになって、その石碑のことが、邪魔になるかもしれないと、心配になった。そこで、リスクがあることは知った上で、石碑を爆破するために、野尻湖に来た。

そこで、十津川君の姿を見かけた。彼が石碑のことをどこまで知っているのか、聞きたいと思って、十津川君や井崎君を訪ねたのだ。

ただ、そのつもりだったのだが、語り明かしているうちに、気がかわった。君たちには、これから出す本の参考にするように装《よそお》って、事件のことを、話したのだ。息子から電話がかかってきたので、話は最後まで出来なかったがね。

息子は何も言わずに日本へ向かった私のことを心配して、探偵まで雇って、捜していた。

君たちと話が出来たので、私の気持ちも固まった。身辺整理をしに翌日、アメリカに急いで帰国したのだ。

日本とアメリカの往復には、私は、米軍の基地も使わせてもらえるので、出入国の記録も、なかったはずだ。

今、こうして、遺書を書きながら、私は、全く島崎修一郎を殺したことについて、自責の念は湧《わ》いてこない。過去に対しての殺人ではなく、将来に対しての殺人だからだ。

最後に、十津川君と、井崎君の二人が昨日、私のために、いろいろと、付き合ってくれたことに改めて感謝する。

そして、この遺書を読んだあとどうするかは、君たちで決めて欲しい。

こんな老人の話を我慢して読んでくれてありがとう〉

ここで、遺書は終わっていた。

7

遺書を封筒にしまいながら、十津川が、

「君にお願いがある」

と、井崎に、いった。

「何だ？」

井崎が、きく。彼の顔は、紅潮《こうちょう》していた。

「この小田切先生の遺書だが、私は、これを公《おおやけ》にすることなく、今この場で、焼却してしまいたいと思っているんだ」

「理由は？」

「私たちにとって、小田切先生は、戦争中の小田切中尉ではなく、あくまでも、大学時代の恩師だ。それに、先生はジョン・ヘンドリーというアメリカ国籍の名前も、持っているし、小田切という日本の名前も持っている。小田切先生のほうが日本に来て、この野尻湖で、自ら死を選んだ。それなら私としては、ジョン・ヘンドリーではなく、小田切先生として、弔《とむら》ってあげたいのだ」

と、十津川が、いった。

一瞬、井崎は考えていたが、

「分かった。俺は、反対しないよ」

と、いった。

十津川は、部屋にあった、瀬戸《せと》焼の大きな皿の中で、小田切の遺書にライターで火をつけた。

「戦後七十年の殺人か」

と、十津川が、ぽつりと、いった。

「殺人？」

と、井崎が、首を傾《かし》げる。

「そうだよ。小田切先生は、自分で自分を殺したんだ」

陶器の皿の中の分厚い遺書は、まだ、燃え続けていた。

この作品は2014年9月祥伝社より刊行されました。
なお、本作品はフィクションであり実在の個人・団体などとは一切関係がありません。

徳間文庫

十津川《とつがわ》警部《けいぶ》 七十年後《ななじゅうねんご》の殺人《さつじん》

2024年1月15日 初刷

著者 西村《にしむら》京太郎《きょうたろう》

発行者 小宮英行

発行所 株式会社 徳間書店

東京都品川区上大崎三―一―一 〒141―8202
目黒セントラルスクエア

電話 編集〇三(五四〇三)四三四九
販売〇四九(二九三)五五二一

振替 〇〇一四〇―〇―四四三九二

印刷 製本 大日本印刷株式会社

ISBN978-4-19-894913-6 (乱丁、落丁本はお取りかえいたします)

徳間文庫の好評既刊

西村京太郎

十津川警部 愛憎の行方

旅行誌「旅の話」の編集部員・香月《こうづき》修《おさむ》の殴殺体が発見された。警視庁の十津川《とつがわ》警部らの捜査の結果、香月が取材を進めていた〝山手線一周の旅〟で撮影した写真がなくなっていることが判明。犯人にとって不都合なものがその写真に写っていたのではないか。十津川の推理を嘲《あざ》笑《わら》うかのように事件は予想外の展開を……!? 「山手線五・八キロの証言」他、数多《あまた》の作品から厳選された傑作全四篇を収録。